少年陰陽師

しょうねん　おんみょうじ

少年陰陽師 拾伍

蒼古之魂

いにしえの魂を呼び覚ませ

結城光流—著 涂愫芸—譯

給中文版讀者的問候

中文版的讀者們，第一次問候各位，大家好，我是《少年陰陽師》的作者結城光流。

十月將在日本出版第二十八集的《少年陰陽師》系列，承蒙大家的支持，也將在台灣出版第十五集了，這都要感謝大家的厚愛。

舞台是平安時代，所以，剛開始我很擔心台灣讀者能不能接受，沒想到獲得如此厚愛，我真的由衷感激。

自己的作品能超越國界，簡直就像夢一樣。

會不會真的只是夢呢？老實說，到現在，我有時都還不太敢相信。但是，都收到來自台灣讀者的信和賀年卡了，可見應該是真的。我都會努力翻譯成日文來看，謝謝大家，我真的很高興。

大家覺得《少年陰陽師》哪裡好看呢？喜歡哪個人物呢？為什麼會想看這套書呢？我有好多好多疑問想問大家。

台灣是跟日本很近的國家，所以我希望有一天可以去跟大家見面。在日本舉辦簽名會時，也有台灣讀者來，跟我說「請來台灣」，敬請大家等我渡海而來。
《少年陰陽師》還在持續當中，內容相當豐富精彩，包括今後昌浩將會經歷什麼事、如何成長，昌浩與圍繞在他周遭的小怪、爺爺等人的狀況，種種事件與敵人之間的牽扯，昌浩與彰子的戀情發展等等。還有，從第十五集開始的「玕神篇」，沒想到那個人竟是……！

由人類、神將、妖怪與神編織而成的戰鬥武打幻想小說《少年陰陽師》，會繼續努力下去，敬請大家給予支持與鼓勵。

啊！正在考慮要不要看的你，何不先買一本來看看呢？對、對，就是有少年、小動物、年輕人的紅色封面那本。

你看過後一定會覺得很好看！……呃，希望如此。

謝謝
結城光流

重要人物介紹

藤原彰子

左大臣藤原道長家的大千金，擁有強大靈力。基於某些因素，半永久性地寄住在安倍家。

小怪

昌浩的最好搭檔，長相可愛，嘴巴卻很毒，態度也很高傲，面臨危機時便會展露出神將本色。

安倍昌浩

十四歲半的菜鳥陰陽師，父親是安倍吉昌，母親是露樹，最討厭的話是「那個晴明的孫子」。

六合

十二神將之一，是沉默寡言的木將。

紅蓮

十二神將的火將螣蛇，化身成小怪跟著昌浩。

爺爺(安倍晴明)

大陰陽師。會用離魂術回到二十多歲的模樣。

朱雀

十二神將之一的火將，使的是柔和的火焰。與天一是戀人。

天一

十二神將之一的土將，是絕世美女，朱雀暱稱她「天貴」。

勾陣

十二神將之一的土將，通天力量僅次於紅蓮，也是個兇將。

太陰

十二神將之一，是風將，擅使龍捲風，個性和嘴巴都很好強。

玄武

十二神將之一的水將，個性沉著、冷靜，聲音高亢，外型像小孩子。

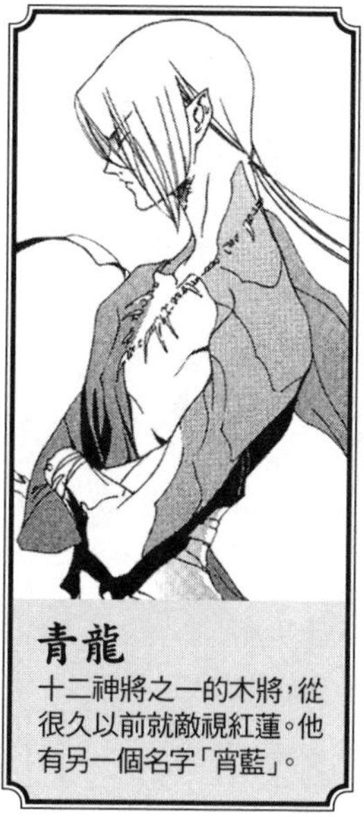

青龍

十二神將之一的木將，從很久以前就敵視紅蓮。他有另一個名字「宵藍」。

太裳

十二神將之一的土將，說話沉穩，氣質柔和。較少出現在人界。

白虎

十二神將之一，是精悍的風將。很會教訓人，太陰最怕他。

天后

十二神將之一的水將，個性溫柔，但有潔癖，厭惡不正當的行為。

高淤

貴船的龍神，似乎對昌浩相當有好感。祂是個女神。

安倍成親

昌浩的大哥，是陰陽寮的曆博士，美麗的妻子有「竹取公主」之稱。

藤原敏次

陰陽生，在陰陽寮裡算是昌浩的前輩，個性認真，做事嚴謹。

有東西窸窸窣窣地動了起來。

黑暗中身影幢幢。

到處都是深紅色的光點。

不祥的氣息愈來愈強烈、愈來愈濃密。

無數的光點閃爍著。

咆哮聲此起彼落，震耳欲聾，心被如臨深淵般的恐懼攫住了。

那是可怕的東西。

這樣下去，那東西會——

1

神將勾陣前些日子受傷，直到現在都還不能算是完全復元。

當時的傷勢非常嚴重，差點就整個人煙消雲散了。從那時到現在還不到一個月，所以也難怪傷勢還沒痊癒。

同袍們都勸她留在沒有危險的異界靜養，但她一能夠行動便立刻來到人界的主人身旁。人界的「氣」太過雜亂了，會危害她變得虛弱的身體。

「翁，怎麼辦？她不跟我們回來。」

「那個野丫頭真是的。」

聽到天空的嘆息，太裳目瞪口呆地盯著老人。

十二神將「四鬥將」中的一點紅，在天空的口中也成了野丫頭。太裳再怎麼大膽也不敢那樣說勾陣，因為她畢竟是僅次於騰蛇的鬥將。

「野……野丫頭……？」

困惑的太裳不知道該怎麼回應，吞吞吐吐地說。天空不以為意地點點頭說：

「她是比太陰好，可是那麼兇悍，說是野丫頭也不為過。」

與最強的騰蛇展開勢均力敵的生死之鬥這件事，騰蛇本人都告訴他們了。回到異界的太裳和天空站在慘烈的現場，還可以感覺到滯留的殘餘鬥氣與仍有些強烈的通天力量，讓他們啞口無言。

太裳與天空正苦惱時，天一出現了。

「天空翁，太裳。」

「哦，是天一啊！怎麼了？晴明發生了什麼事嗎？」

天一端坐著、雙手伏地，接著搖搖頭，微微苦笑著。

「晴明大人還是老樣子，完全看不出來才剛死裡逃生。」

異界是一望無際的荒涼景色，神將們通常聚集在其中一個角落。

那是個被岩石所環繞的平坦場所，有天空與太裳築起的結界隔絕外氣，裡面洋溢著清新而潔淨的空氣。

沒有房子，因為他們不需要。

這裡不只有荒野般的地面，也有山野、淺灘。但是，生物只有十二神將與沒有實體的精靈。

很久以前，十二神將也是跟精靈同樣的存在，後來在人們的想像中成形，還有了配合形體的屬性與力量。

這片土地沒有人界的太陽與月亮，天空覆蓋著厚厚的暗灰色雲層。需要亮光時，只要靠朱雀或騰蛇的火焰就行了。重點是，黑暗對神將們來說一點都不可怕，也不會遮蔽他們的視線。

天一抬起頭，交互看著坐在岩石上的天空和站在他身旁的太裳。

「我是來找你們商量一件事。」

「什麼事？」

「是關於勾陣的事。」

太裳好奇地問。天一憂心忡忡地說：

正在煩惱這件事的天空和太裳對看了一眼。

天空立起橫放在膝上的枴杖稍微撐住身體，皺起眉頭說：

「她的個性很倔，不管我們怎麼勸她留在這裡靜養，她都不聽。」

天空長嘆一口氣，一旁的太裳也縮起了肩膀。

勾陣剛醒來時還不能動，所以乖乖躺著，等她能自己走路後就馬上去了人界。

天一的眼神中閃爍著溫暖的光芒。

「她是想親眼看到晴明平安無事。」

——喲！勾陣，妳的身體康復了嗎？

面向矮桌的晴明轉過頭問。勾陣沉默地注視著主人，一掃幾天來纏繞全身的緊張與不安。

她鬆了口氣，微微一笑，默默地點點頭。晴明露出溫和的眼神，說：「這樣啊！」接著笑了起來。

對於在自己房內閉上眼、靠牆坐著的勾陣，晴明沒有說什麼，倒是因察覺到她的氣息而趕來的小怪，狠狠把她訓了一頓。

「在人界，體力與神通力量的復元特別慢，最好能再把她帶回這裡……」

太裳煩惱地嘆著氣，天空也緊緊皺著眉，一副拿勾陣沒轍的樣子。

天空總是閉著眼睛，但是，他可以不靠眼睛，只靠神通力量看透一切，所以他很清楚天一和太裳是什麼樣的表情。

「請恕我大膽提議。」

「什麼提議？」

天空催促著天一，於是天一平靜地說：

「是不是可以讓她待在人界最清淨的地方靜養呢？」

＊　＊　＊

昌浩已經做完今天的工作了，正快步走在回家的路上。

一隻白色的怪物拉長著臉走在他身邊。

「小怪，你好像有心事。」

聽到昌浩這麼說，小怪豎起了一隻耳朵。

「沒有啊！」

它的回答明顯背叛了它的表情。

昌浩無奈地嘆口氣，抬頭望著天空。

再過幾天，這個月就結束了，所以昌浩有點忙。

這是他進陰陽寮後的第二次「乞巧奠」①。

想起在貴船大戰異邦妖魔的事，昌浩才赫然驚覺已經過了一年。這段期間實在發生太多事了，讓他沒有時間去回憶流逝的日子。

「也就是說……我跟彰子認識一年多了。」

感覺上，好像在一起很久了。有彰子在身旁是那麼理所當然的事，令人驚訝兩年前，他們居然連彼此的存在都不知道。

最近，彰子終於可以正常生活了。

只要不會太過勞累，她就可以一整天都不躺回床上。只是到了晚上臉色還是很蒼白，所以她都會提早上床。

但是，如果昌浩外出夜巡，她就會等昌浩回到家才睡覺。昌浩都知道，所以最近都過著晚上按時睡覺的生活。出仕時，小妖們都會來向他抱怨很無聊。

昌浩根本沒心情管那些小妖無不無聊，不過只要在前往皇宮的路上隨便應付應付它們，它們就會開心地離去，所以他總是盡量滿足它們。

——喂！小姐的身體怎麼樣？

——還沒康復嗎？

——如果她覺得無聊，我們可以去探望她。

想起那三隻小妖滿臉認真地說著大話的樣子，昌浩輕輕嘆了口氣。彰子替它們取了名字，它們真的太開心、太開心了，所以對彰子懷有強烈的感情。

其實彰子有神將們陪伴，一點都不無聊，但是一聽昌浩這麼講，小妖們就沮喪得不得了。

昌浩忍不住說，不搗蛋的話，就准你們去我家。

在一旁看著的小怪難以置信地聳起肩膀，半眯著眼睛說：喂、喂！不要這麼輕易受影響嘛！

你還真是個濫好人呢！小怪感嘆。昌浩搔搔頭說：是嗎？他自己並不覺得。

「喂！小怪。」

「啊？」

心情還是不太好的小怪皺著眉回應。昌浩一把抱起它的白色身體放在肩上，再拍拍它的白色背部說：「最近都沒什麼大事，日子多麼平靜安詳啊！」

小怪微微張大圓圓的眼睛。

若有所思地偏著頭的它，體型大小就像隻大貓或小狗，一身純白的毛摸起來很舒服，脖子上圍繞著一圈像是勾玉的凸起，長長的尾巴搖來晃去，白白的額頭上有令人印象深刻的花朵般圖騰。但是，只有能通靈的人才看得見小怪。

小怪用夕陽色的眼睛看著昌浩的側臉，點點頭說：

「嗯，是啊！」

從春天中旬到不久前的滿月過後，真的發生了許許多多的事，幾乎可以說沒有一天安寧。

現在除了彰子經常躺在床上外，日子真的過得很平靜，平靜到令人訝異，原來生活可以過得這麼安穩。

小怪從昌浩的脖子後面繞到他另一邊的肩膀，看著昌浩的臉，甩甩耳朵說：

「所以呢？」

「嗯，我在想……」昌浩拍拍胸口，看著小怪說：「回想起來，都還沒正式道謝呢！」

「道謝？」

夕陽色的眼睛張得斗大，看到昌浩拍著胸口，它才恍然大悟，眨了眨眼睛。

「啊！你是說道反女巫②？」

「嗯，仔細想想，我都沒有正式問候過女巫，這個丸玉還是第二個了。」

第一個丸玉在天狐的力量爆衝時碎裂了。

昌浩停下腳步，偏著頭說：「最好去拜訪一次吧？」

「嗯……」

小怪低哼一聲，瞥了一眼隱形的同袍。

與小怪一起跟隨著昌浩的神將六合，就是奉晴明之命去道反聖域拿第二個丸玉的人，比他們兩人更熟悉那裡的所有成員。

「你覺得呢？」

六合現身回應。由於他總是面無表情、沉默寡言，所以小怪並不期待他會回答，不過，他還是會有最低限度的回應。
「如果昌浩認為有必要就去啊！」
「突然去，會打攪人家吧？」
「要先通知吧！」
「這樣啊……」
說得也是，昌浩點頭表示同意。小怪戳戳昌浩的後腦勺說：
「你在想什麼啊？你還有陰陽寮的工作呢！」
道反聖域在遙遠西方的出雲，來回要三個月的時間。
「乘太陰或白虎的風去不用一天吧？不過，最好是白虎的風。」
想起太陰粗暴的風，昌浩不禁補上最後一句，小怪與六合也深有同感，完全同意他的說法。
「放紙式去通知嗎？」
「放紙式也行，我們去也行……」
六合停頓下來，皺起了眉頭。
「六合？」
昌浩訝異地轉過頭來，第一次看到六合露出不高興的表情。雖然只是比平常的面無表情多了一點不悅，但是，對很少顯露情感的六合來說已經很難得了。

「怎麼了?」

小怪驚訝地抬頭看著六合，他搖搖頭說：

「沒什麼。」

看起來不像是沒什麼，但小怪和昌浩都覺得最好不要再問，開始找其他話題聊。

昌浩的視線一轉，看到垂掛在六合胸前的紅色勾玉。

在出雲時，他就很想問六合那是什麼，後來陸續發生很多事，他就忘了問。

記得那個天狐碰觸到這個勾玉時，六合顯得非常激動，從來沒有見過那樣的他。

可見他多麼珍惜那東西。

「六合，我一直想問你……」

黃褐色的眼睛以注視回應昌浩。

「那個勾玉是什麼?」

小怪順著昌浩的手指望過去，也露出「啊!對哦」的表情，它也不知道六合什麼時候多了那樣東西。

六合張開嘴，眼皮微微顫抖著。

「這是……」

——在出雲的那天晚上交到了他手上。

當時，握在手心裡的玉是冰冷的，讓人想起她逐漸失去體溫的肌膚。

「有人交給我保管的東西。」

回答後他就隱形了。

昌浩與小怪互看一眼，但沒打算再繼續追問，又邁開了腳步往前走。

似乎問了不該問的事，他們覺得很抱歉。

但是，要道歉的話，又得提起那件事，所以他們覺得最好不要。儘管沒有惡意，他們還是覺得做了不該做的事。

「唔……怎麼辦呢？」

小怪很清楚昌浩在想什麼，露出「不用介意」的神色，用尾巴拍拍他的背。

昌浩眨眨眼睛，不經意地說：

「對了，小怪，你為什麼心情不好？」

小怪稍稍瞪大了眼睛，又微瞇起一隻眼睛說：

「我沒有啊！」

「真的嗎？」

「你疑心病很重耶！」

昌浩正要回嗆半瞇著眼的小怪時，聽到隱形的六合的聲音。

《是不高興勾陣待在人界吧？》

昌浩把視線轉向身後，再轉回小怪身上。

「原來是這樣啊！」

小怪眉間的皺紋更深了。

「我才沒有。」

言不由衷的聲音聽起來有點陰沉。

它把不高興加三級的視線轉向了隱形的同袍，但六合本人顯得一點都不在乎，完全無視它的視線。

停在柳樹上的烏鴉目不轉睛地看著他們。

烏鴉正對著昌浩的背，聽到另一隻烏鴉振翅的聲音就飛走了。

接著飛落下來的烏鴉，跟剛才那隻一樣，用漆黑的眼睛注視著少年的背，咕嚕咕嚕地鳴叫起來，啪沙張開雙翅又飛走了。

「因為被說中，所以心情更不好了？」

勾陣覺得很好笑，用手按住嘴巴強忍著不笑。

小怪坐著，齜牙咧嘴地說：「都怪妳不肯乖乖待在異界休養。」

「是嗎？我判斷沒那種必要，才待在這裡啊！」

勾陣靠著柱子，雙手在胸前合抱。晴明擔心她，靠著憑几坐在她旁邊，昌浩也從角落拉來一個蒲團，坐在晴明身旁。

端坐在昌浩後面的天一，用溫和的口吻勸勾陣。

「只有妳這麼想，我跟翁、太裳都認為妳需要靜養，晴明也說他同意我們的看法呢！勾陣。」

勾陣聳聳肩說：「我的身體，我自己最清楚，而且我跟你們的層次大不相同，所以我想應該不用那麼擔心……」

小怪立刻瞇起眼睛說：「哦？那幾乎跟妳同層次的我總有資格說話吧？我要妳馬上回異界靜養！妳還不算完全復元，既然還沒痊癒就不該待在人界。」

勾陣看著直立起身子唸她的小怪，平靜地說：

「你現在這樣子，說什麼話都沒分量。」

原形或許還好，白色小怪不管說什麼，那個外表就是缺少威嚴。

「哼！我說東妳就說西，我說西妳偏說東！妳到底想怎麼樣……」

「我就說沒關係嘛！從頭到尾我不知道說過多少次不用擔心了，你是不是癡呆了啊？騰蛇。」

勾陣連聲嘆息，低頭看著它。小怪對她大吼：

「妳——！」

很想乾脆變回原形，硬把她拖回異界，可是那麼做的後果不堪設想，然而自己又很不想讓她留在這裡。

看到小怪氣得兩隻前腳晃來晃去，晴明輕輕嘆了口氣。

十二神將中最強、最兇的鬥將，似乎也說不過排名第二的鬥將。

「男人果然說不過女人……」

老人冒出了語重心長的喃喃自語。經歷人生數十載的晴明，能看清楚這樣的事實，應該是有過種種體驗。

「是這樣嗎？」

在晴明身旁看著這一切的昌浩，難以置信地問。

晴明回他說就是這樣，然後轉頭對天一說：

「那麼，妳跟天空、太裳的提議是什麼？」

天空、太裳和天一都跟勾陣一樣是土將。因為屬性一樣，所以比其他同袍都清楚知

道現在的勾陣需要什麼。
天一緩緩抬起頭說：
「翁和太裳都贊成，所以接下來只要晴明大人取得道反女巫的同意……」
「道反女巫？」
天一點點頭，接著說：「我們想讓勾陣待在道反聖域靜養，那個地方充滿清淨的空氣，可以彌補勾陣還沒完全復元的神氣，對她的痊癒有幫助。」
聽到天一意想不到的提議，昌浩張大了眼睛。
要讓勾陣在道反聖域靜養。
天一平靜地看著受傷的同袍，色彩比冬季晴空還要淡的眼中流露著擔心同袍的憂鬱。
「待在異界，她隨時會瞞著天空偷偷溜來這裡。若是在遙遠的聖域，就不能輕易離開了。沒人去接，很難回到這裡，這樣她應該就會乖乖待著了。」
淡淡微笑的天一，繞了個大圈子說得很委婉。總而言之，就是同袍們不知道如何對付老是逃跑的傷患勾陣，試圖把她強押到沒那麼容易逃脫的療養處。
小怪嚴肅地對臉色不太好的勾陣說：
「妳輸了，勾，不只天一，連天空和太裳都這麼說，妳逃不了啦！我也贊成這個提議。」
「你這是報復嗎？騰蛇。」

「不，不是。」

小怪事不關己似的望著遠方，勾陣瞪著它好一會，終於無奈地嘆了口氣。

「對了，爺爺。」

一直保持沉默的昌浩轉身面向晴明。

「嗯？」

「我也有事跟您商量。」

晴明疑惑地眨著眼睛，昌浩又說了一次想去道反聖域的事。

小怪的陰陽講座

①乞巧奠是在七月七日當天向牛郎星和織女星獻上山珍海味等供品，再以蹴鞠（ㄘㄨˋ ㄐㄩˊ，一種古代踢球遊戲，類似現代的足球）、雅樂、和歌等讚詠七夕的祭典。

②女巫是以通鬼神，為人祈福消災、占卜等為職業的女子。中國古代就有「女巫」的稱呼了。

2

幾丈長的大蜈蚣發出彷彿幾百棵樹木摩擦般窸窸窣窣的聲音，環視周遭一圈。

道反聖域十分遼闊，連大蜈蚣伸長脖子都看不到盡頭。

幾個月前污染這片土地的黃泉瘴氣已經完全被清除了，四處洋溢著清淨的靈氣與神氣。

大蜈蚣想起當時正好來這裡拜訪，也協助清除瘴氣的兩名神將，不禁氣得踩響幾百對腳。惹蜈蚣生氣的是兩名神將的其中一位。

藍色屋頂的宮殿映入視野角落。蜈蚣注視著那個屋頂，踩著窸窸窣窣作響的步伐走到宮殿前。

小小的宮殿不夠大，蜈蚣進不去。道反女巫很久以前是人類，所以宮殿是配合她的體型而建的。雖然進不去，還是可以從牆上的窗戶窺視內部。蜈蚣靈活地用前腳拉開格子門，看到一座方形平台擺在視線勉強可及的地方，上面蓋著白色聖布，布面隆起成人形。

「……」

蜈蚣注視了好一會後，輕輕關上格子門，轉身離去。

每次走過宮殿，它都盡量不發出腳步聲，因為那分貼心已經成了習慣。即使現在不需要了，它還是會那麼做。

直到腳步聲傳不到那裡的距離，蜈蚣才會恢復平常的走路方式，發出窸窸窣窣的聲音。它懷念起以前為了無聲地走過那裡，曾經好幾次踩不穩腳步而跌倒。

有個聲音叫住了窸窸窣窣往前走的蜈蚣。

蜈蚣停下來，轉過頭去，看到從中央聖殿探出頭來的蜥蜴。

「怎麼了？」

「女巫找你。」

蜥蜴轉身往前走，蜈蚣追上它，與它並行。

道反聖殿很大，大到即使是守護妖也能自由進出。在遼闊的聖域，它們能進入的只有這個聖殿，其他地方都是配合人的大小而建造的，它們想進也進不去。

兩隻守護妖走到最裡面的大廳，看見主人——道反女巫正面對著牆壁。閃著藍白光的圓圈浮現在白牆上，那個不時波動搖晃的圓圈，是安倍晴明率領的十二神將中的水將做出來的水鏡。

一個戴著烏紗帽的老人出現在藍白光閃爍的鏡面上，身旁有個嬌小的水將，還有一位盤起金色髮髻的神將，應該是土將之一。

女巫面對鏡子說了幾句話後微笑點頭，鏡面上的老人也點頭致意，接著微弱的光芒就逐漸散去，水鏡也消失了。

「女巫，怎麼了？」蜥蜴問。

道反女巫回過頭，平靜地說：

「晴明拜託了我幾件事。」

蜥蜴滿臉疑惑，女巫對它點點頭說：

「準備迎接客人吧！」

＊　＊　＊

晚餐後，彰子來到昌浩的房間。

直到這幾天，她才能自己走來這個房間，在這之前，都是昌浩去探望她。

現在是夏天的尾巴，還有些暑氣。昌浩的房間掀起了板窗和竹簾，晚風徐徐吹來，但是晚風會傷身，所以彰子坐在吹不到風的地方。

「那麼，勾陣要去出雲嗎？」

昌浩對掩不住驚訝的彰子點點頭，來回抓著身旁小怪的頭。

「嗯，大家都叫她去，她只能屈服。」

勾陣總是冷靜沉著地看著大局，不太習慣自己成為事件的主角，顯得渾身不自在。

從她這樣的表現，也可以證實她還沒有完全復元。

「那傢伙看別人看得很透徹，對自己的事卻漫不經心。」

「這樣啊……可是，小怪，你也跟她有點像呢！」

正叨叨唸著勾陣的小怪露出抗議的表情，抬頭看著昌浩。

「你說什麼？哪像？哪裡像？」

「很多地方都像，所以勾陣一定是跟你一樣沒有自覺。」

看到昌浩自顧自點著頭，小怪在嘴裡喃喃唸著：

真要這麼說，你也差不了多少。

彰子開心地聽著昌浩和小怪聊著沒營養的話，偏著頭說：

「那她什麼時候去？出雲很遠，會盡快出發吧？」

昌浩前往出雲那天早上的模樣閃過彰子的腦海。她想起當時看到昌浩似乎心事重重的側臉，害她不敢開口說話，一股無法形容的不安揪住了她的心，使得她怎麼樣都平靜

不下來。

後來發現是自己想太多，覺得很好笑。

「大家都希望她盡快出發，可是……」

昌浩的雙手伸入小怪的兩隻前腳下面，把白色身體抬起來，然後拉直它的上半身，幫它做出高呼「萬歲」的姿態，再把它在地上伸直的後腳腳底板朝向屋頂。小怪半瞇起夕陽色眼睛，尾巴啪答啪答地拍打地面，但是昌浩完全不管它的無言抗議，小聲說：

「其實我也想一起去道反聖域，可是不知道能不能請假。」

「昌浩也要去？發生什麼事了？」

「咦？沒有、沒有，沒發生什麼事。」

昌浩感覺到彰子話中的憂慮，慌忙搖手說沒有。小怪被抓住的手也被迫配合昌浩的動作左右搖晃。

小怪發出「喂！」的低沉威嚇聲，昌浩完全不予理會，繼續啪答啪答地左右揮動它的右前腳表示沒事。小怪又「欸！」地低鳴，昌浩還是當耳邊風。

「仔細想想，拿了道反女巫的丸玉，都還沒正式去道謝呢……」

彰子也知道那是用來做什麼的神器，所以鬆口氣，瞇起眼睛說：

「原來是為了這件事啊……」

「嗯，所以妳不用擔心。」

昌浩上下搖晃小怪的兩隻前腳，彰子看著他，露出放心的笑容。

小怪那「還不停下來！」的抱怨，被淹沒在某處了。

看到彰子安下心來，昌浩也鬆了一口氣，以前老是讓她擔驚受怕，所以，今後盡量不想再讓她操心了。

被隨意擺弄的小怪，額頭上多了好幾條皺紋。

「昌……浩……」

「嗯？什麼？」

昌浩還繼續上下晃動小怪的兩隻前腳。

小怪拍打兩隻後腳，生氣地向他抗議說：

「你把我當成什麼了！」

昌浩高高舉起奮力掙扎的小怪，讓它懸在半空中搖晃，不解地問：

「咦？我做了什麼嗎？」

「……」

剛才好像都是無意識的動作。

小怪頓時覺得全身虛脫，露出苦瓜臉。

「小怪，你怎麼了？」

「算了……」

「嗯？」

小怪板著臉說。昌浩把它放在膝上，抓抓它的頭。

回想起來，很久沒這樣優閒地聊天了。

「你這小子到底把我當成了什麼……」

昌浩撫摸著鬧彆扭的小怪，微微一笑說：

「小怪就是小怪啊！」

✶ ✶ ✶

水珠啪答滴落在水面上。

好幾道漣漪蕩漾著向外擴散，靜止後，幽暗的水面映出了一個身影。

是個小孩，一個戴著烏紗帽、穿著直衣的嬌小少年。他正對著什麼都沒有的空氣說話，視線前方隱約浮現出一隻小型生物的模糊輪廓。

站在水邊看著這個畫面的人，聽到背後有叫他的聲音。

「真鐵。」

撥開草叢走向他的是野獸的腳步聲，真鐵偏頭往後看。

妖獸清清喉嚨，低聲說：

「怎麼樣，看不見嗎？」

「不是。」

真鐵搖搖頭，把視線轉回到水面上。

幽暗的水面正映著剛才那個少年的背影。

走到真鐵旁邊看著水面的妖獸，兩眼閃爍著訝異的光芒。

「這就是魑魅③之眼？」

「聽說他就是我們的阻礙。」

「哦？」

瞇成細縫的眼睛帶著嘲笑。

「這麼弱小的孩子能做什麼？」

「很難說。」

真鐵輕輕帶過妖獸含有挑釁意味的話語，在水面上張開手掌。

水面變成一片漆黑，又浮現出其他身影。

妖獸興致勃勃地注視著水面。

「這是……？」

「喚醒荒魂的關鍵。」

清澈盈溢的湖水，沒有一絲波紋。真鐵看著湖面，忘我地笑了起來。

✻ ✻ ✻

第二天，一如往常出仕的昌浩離開陰陽寮的時間比平常晚。

因為乞巧奠將近，雜務增加不少。

不過，工作比以前熟練多了，所以並不覺得累。

「我有成長了呢！」

看著佩服起自己的昌浩，小怪有些輕視地瞇眼苦笑著說：

「如果沒有成長，就不知道你平時的努力都消失到哪去啦！」

「嗯。」

昌浩點點頭，雙手向兩旁伸展開來。

乞巧奠過後，工作多少會輕鬆一些，說不定就可以請幾天連假了。

聽到昌浩這麼說，小怪眨眨眼睛，跳到他肩上。
「如果只是去去就回來，應該三天就夠了。」
「是啊！除非請凶日假或觸穢，不然也不好意思多請幾天。」
撇開凶日不談，對昌浩來說，「觸穢」幾乎是家常便飯了。據說遇見異形就算接觸到穢物，玷污了身體，但是昌浩每天都跟小妖交談，所以觸穢、玷污這種事好像都與他無關。
還是說，遇到小妖這種程度的穢物，並不算「觸穢」呢？
可是……不對啊！一般人並不會遇到小妖，因為根本看不見它們，所以必須以自己或祖父、彰子為基準來思考。自己周遭的人幾乎都有靈視力。靈視力是種特殊能力，他必須謹記在心，好好珍惜。
昌浩透過衣服摸著垂掛在胸前的丸玉，露出困擾的表情。身為陰陽師，失去靈視力是非常麻煩的事。然而，對一般人來說，沒有靈視力是很正常的事，他自己在去年春天之前也看不見異形。
「以前一直都看不見，看得見之後，才知道『看不見』是那麼痛苦的事。」
「咦，你說什麼？」
小怪似乎沒聽清楚，反問昌浩，昌浩又說了一次。

「直到去年春天都被封住了，『看不見』成了理所當然的事。」

小怪恍然大悟地眨眨眼睛說：

「原來……已經過了一年啊……」

「嗯。」昌浩對小怪笑笑，露出溫和的眼神說：「好快啊！」

「是啊！」

小怪甩甩尾巴，瞇起眼睛，種種畫面瞬間閃過腦海，微微牽動了它的心。

無法忘懷的日子逐漸遠去，疼痛也一點一點地減少了。即使不會完全消失，也會慢慢地、慢慢地變成平靜的記憶吧！

要是真有那麼一天，恐怕也是遙遠的未來。到時，身旁這個孩子已經不在了。

小怪的眼波瞬間蕩漾了一下。

所謂孤寂，其實是近在咫尺的東西。

「小怪，你的表情好像哪裡在痛呢！怎麼了？」

小怪猛然轉移視線，看到滿臉擔心的昌浩。

它趕緊搖頭否認。都怪自己想一些不像自己會想的事，又讓昌浩多操心了。

「沒什麼，我只是想到半吊子、不可靠的你，雖然老被晴明埋怨還需要多加修行，還是咬牙熬了過來，想著想著就覺得很感慨。」

小怪故意說得很搞笑，把昌浩氣得皺起了眉頭，它又抿嘴一笑說：

「總之……加油啦！晴明的孫子。」

「不要叫我孫子！」

小怪把昌浩齜牙咧嘴的吼叫當成耳邊風，一下子跳到地上，踩著輕盈的腳步往前走。

「孫子就是孫子。」

「少囉唆！」

「你在這方面還沒成長。」

「你真的很囉唆！不過是隻怪物！」

「我不是怪物！」

小怪反射性地認真反駁，隱形的六合低頭看著它，聳了聳肩膀。

昌浩感覺到六合的動作，不好意思地把嘴巴撇成了ㄟ字形。

夏末的白天還很長，離開陰陽寮時已經過了酉時，東方天際卻才逐漸泛起藍色。

昌浩瞇起眼睛，遙望西方的天空。

道反聖域就在那遙遠的地方。

那裡有許許多多的回憶，一個個都敲痛他的心。但他也知道，就是因為克服了那一切，才能擁有現在。

昌浩挽回了差一點就失去的重要東西，然而，統管那個聖域的道反女巫和守護那片土地的守護妖，卻失去了重要的東西。

很久以前，在昌浩的靈視力被封鎖時，企圖把他推落水池的妖魔，就是道反女巫的女兒。

被灌輸謊言，直到長大成人都深信不疑的她，受到因黃泉瘴氣而產生變化的怪物攻擊，傷勢慘重，就那樣沒了氣息。

但是，昌浩沒親眼看見，小怪也只聽說她死了，直到現在都還不清楚發生了什麼事。

當時，他們只顧忙自己的事，無暇關心她的最終結局，也是原因之一。

昌浩落寞地伸手抱起小怪，若有所思地說：

「喂，小怪……」

「嗯？」

因為是前腳搭在昌浩肩上的姿態，所以小怪看不見他的臉。它想過望著昌浩的眼睛問，但不知為什麼又害怕那麼做，就看著昌浩背後，等他接著說。是昌浩平靜的聲音讓它想繼續聽下去。

「你還記得風音吧？」

小怪的心跳怦然加速，張大夕陽色的眼睛望著虛空，過了好一會才無力地垂下眼皮。

「記得啊……怎麼可能忘記。」

那個女人所做的事，比任何事都更要深印在它的記憶深處。

但是，小怪——不，是紅蓮，儘管記得風音對自己做過的種種事情，也不能定她的罪。因為那麼做的話，紅蓮也會被要求贖罪。就像在沒有希望的黑暗中，無止境地傷害彼此。

昌浩輕拍小怪的背，像是在思考該說些什麼。

「呃，我覺得……」

從不隱藏敵意與殺氣的風音，最後呈現的是血淋淋的虛弱身體。使出僅剩的力量為他們指引方向的，就是她被自己的血染紅的纖細手指。

「她真的經歷過很多艱辛的事，已經盡力了，可是……」

小怪甩甩白色耳朵，昌浩瞇起眼睛眺望遠方。

「可是、可是……我還是覺得很悲傷。」

死亡就是終點，不能重來了。

再也見不到心愛的人，再也聽不到愛人的聲音。像這樣撫摸溫暖的毛、拍打背部、呼喚名字等待回應，也將不再是理所當然的事。

「到底是哪裡出了問題？」

昌浩嘆口氣，小怪帶著一絲苦笑對他說：

「這種事不該問我吧？」

「你在說什麼？小怪，你沒有錯啊！」

因為那是昌浩體內唯一堅定的真相，所以他可以斷然打回小怪無力的回應。

「小怪，你和風音的確做過很多事，但真該怪的是惹出那些事情的傢伙……不過……」昌浩支支吾吾地抓抓頭，又補上一句：「我也是到最近才能這麼想。」在祥和的日子裡，才有餘力思考。這是他回想許許多多的事，自己做出來的結論。

心情很難輕鬆起來。因為把世界放在天秤上衡量而殺死了紅蓮的事實，也深深刻在昌浩心中。他不可能忘了這件事，也不想忘。

忘不了，才會去想不要再犯同樣的錯誤。

「找回自己最初的心情果然很重要。」

「我覺得不是那樣。」

「是嗎？啊，是有點不一樣啦！可是那又有什麼關係呢？只要結論沒錯，就算中間的過程有點瑕疵，也總有辦法解決啊！」

昌浩一本正經地發表荒腔走板的理論，小怪看著他，滿臉無奈地嘆著氣。

「你真的是晴明的孫子呢！」

「不要叫我孫子！」

昌浩的好心情全被破壞了。小怪拍拍他的肩膀，跳到地上。

與昌浩並排往前走時，小怪察覺到某種微弱的氣息，看看四周。

「……？」

好像有雙眼睛盯著他們，但不是異形或妖魔之類的。

《六合，有沒有察覺什麼？》

小怪問應該隨時跟在旁邊的同袍，卻出乎意料地沒有得到回應。

它皺起眉頭往後看。

「六合？」

「咦，六合怎麼了？」

昌浩不由得停下腳步，也跟小怪一樣往後看。即使有相當的靈視力，也很難看見徹底隱形的神將，他只能猜測是在小怪視線的前方，便抬頭看著那一帶。

「小怪，六合在嗎？」

看到昌浩這麼做，通常會現身的六合，今天卻不見蹤影。

「在是在，但是……」

沉默不語。

六合是個不多話的男人，但還不至於沒反應到這種程度，通常會有最低限度的回應。

昌浩和小怪往後看了好一會，終於放棄，又轉頭往前走。

會不會是他們說錯了什麼話呢？但是試著回想也想不出什麼來。

還是稍後告訴勾陣有這麼回事，問問她的意見吧！她總是細心地看著所有同伴們，說不定可以分析出什麼答案。

這麼決定後，昌浩又把話題拉回到最前面。

「勾陣他們是明天去道反聖域吧？」

小怪甩甩白色尾巴，點點頭。

「嗯，聽說要搭白虎的風去。」

白虎、天一和玄武會陪她一起去。玄武以前跟六合一起去過道反聖域，應該比其他人熟悉那裡。

「明天啊！果然不太可能。」

看到昌浩沮喪的表情，小怪眨眨眼說：

「你真的想跟他們一起去？未免太匆忙了吧？」

而且月底還有乞巧奠，陰陽寮比平常還忙。

昌浩一邊嘆息，一邊還是不死心地嘀咕著。

既然這樣，就讓勾陣負起通報的責任。等昌浩確定可以請連假的日期，就由她去轉告道反女巫，自己大約會在什麼時候拜訪。

這麼做既不失禮，也合乎常理。

好，就這麼做。

昌浩在心底嗯嗯地同意自己的想法，小怪看著他，覺得很有趣。昌浩不管想什麼都會表現在臉上，所以大約可以猜出他在想什麼。

他本人卻完全沒察覺自己的想法被看得一清二楚。

「勾陣會在那裡待到痊癒吧？大約需要多少時間呢？」

「嗯……那個聖域的時間流逝方式跟人界不太一樣。」

小怪一邊與昌浩交談，一邊小心觀察四周，尋找剛才感覺到的氣息來源，但沒有任何發現，它不禁懷疑是自己多心了。

突然，從近處傳來烏鴉叫聲。

小怪不經意地轉移視線，看到停在牆上的烏鴉正拍打著翅膀。烏鴉的叫聲洪亮得驚人，所以聽起來特別大聲。

在小怪的注視下，另一隻烏鴉又拍響翅膀降落了。隔著一段距離站在牆上的兩隻烏鴉，好像都盯著他們看。

烏鴉很聰明，喜歡會發亮的東西。昌浩身上沒有那種東西，所以很快就會對他失去興趣了吧？

現在是倦鳥歸巢的時刻，那兩隻很可能是要停在那裡過夜。

小怪這麼想著，跳到昌浩肩上，拍拍他的背催他說：

「喂！快走、快走。」

「幹嘛啦！小怪，你自己下來走啊！」

「有什麼關係嘛！」

「當然有關係，你簡直是……」

昌浩的抱怨被烏鴉的鳴叫聲蓋過了。

兩隻烏鴉冷冷地注視著逐漸遠去的背影。

＊ ＊ ＊

透過魑魅之眼看著這些畫面的真鐵，眼神兇狠地低喃著：

「這樣會有麻煩……」

蹲坐在真鐵旁邊的灰黑色妖獸挺起上半身說：

「他們如果來這裡，就應驗了占卜的結果。」

「我可不希望他們來，非想辦法阻止不可。」

真鐵像在思索著什麼似的，手指按著下巴，垂下眼睛盯著水面。

維持這個姿勢好一會後，他終於嘆口氣，抬起頭說：

「沒辦法……」

「真鐵。」

妖獸站了起來，真鐵摸摸它的頭，轉過身說：

「為了引開他們的注意力，放出其他魑魅吧！」

「爭取時間嗎？」

「嗯，只要一晚的時間應該就夠了。」

引開對方的注意力，乘機達成目的。

「要怎麼進攻？」

「現在的防護牆變得比較脆弱，應該很容易突破。」

「那麼……召集大家吧？」

真鐵摸摸全身長著灰黑色硬毛的妖獸的頭，從林間縫隙遙望綿延的山野。

「要開始啦！多由良。」

被稱為多由良的妖獸發出了低鳴聲。

＊　＊　＊

小怪的陰陽講座

③魑魅（ㄔ　ㄇㄟˋ）是傳說中從山林裡的異氣而生的害人精怪，人面、獸身、四足，會魅惑人。

3

昌浩置身於黑暗中。

什麼也看不見，連自己的手都看不見。

他東張西望，發現再怎麼努力也看不見任何東西，深深嘆起氣來。

突然，眼角閃過一道紅色光芒。

「螢火蟲？」

昌浩喃喃說著，又搖搖頭甩開這個想法。

沒有紅色螢火蟲。

那道光芒拖著長長的尾巴，昌浩循著尾巴望過去，看到無數的紅色光芒。

飛來飛去很像紅色螢火蟲的光芒，不停地移動著，拉出長長的線條。

縱橫交錯的光芒，比昌浩想像中遙遠。然而，光的強度與亮度卻給人就在眼前飄浮的錯覺。

那個紅色是……

昌浩憂慮地瞇起了眼睛。

那帶著不祥徵兆的光芒，引發他身上類似戰慄的反應。
無數的紅色光芒閃爍著，讓他想起其他的紅色。
那是什麼呢？
「啊……」
想起來了，昌浩眨了眨眼睛。突然浮現腦海的紅色，是六合掛在脖子上的勾玉的顏色。
鮮豔的紅色反射出來的光芒，烙印在他的潛意識裡。
那是跟不祥徵兆的紅色不一樣的紅，六合說是人家託他保管的東西。
茫然想著這些事的昌浩，聽到一陣微弱的聲響。
他猛然抬起頭，聲音在黑暗中鳴響，像極了風的呢喃。
颼颼輕響的聲音，愈來愈靠近。
無數的紅色光芒也隨之逼近。
昌浩張大眼睛，看到那些光芒背後，有火焰熊熊燃燒著——

醒來後，心跳莫名地劇烈。

戴著烏紗帽、穿著直衣的昌浩，在前往皇宮的途中停下了腳步。

走在前面幾步的小怪訝異地轉過身來。

「怎麼了？昌浩。」

昌浩皺起眉頭低聲說：

「我今天早上做了奇怪的夢。」

某種預感充塞胸口，已經很久沒有這種感覺了。

是不太想再經歷的那種感覺。陰陽師的預感，有時會成真。

「回家後最好跟爺爺說吧……」

昌浩邊走，邊拍著後腦勺，很快又打消了這個念頭。

要是說出來的話，爺爺八成又會來那一招。

——昌浩，你竟然沒做夢的占卜就直接來問爺爺了，你什麼時候變得這麼懶惰了？從小我就常常教導你，凡事都要自己先查資料，你還沒養成這種習慣嗎？這樣啊！嗚嗚，爺爺的話這麼沒有分量啊……

「我又沒那麼說！」

昌浩突然火大起來，把小怪嚇得張大了眼睛。

「不要突然大叫嘛！」

「對不起。」

回過神來的昌浩，不好意思地摸摸鬢角。

心情平復後，他抱起小怪嘆息：

「希望不要再做那種夢。」

「為什麼？」

昌浩瞥小怪一眼，臉色沉重地說：

「因為感覺愈不好的夢，後來愈有可能發現——原來就是那個夢啊！」

早晨清爽的陽光，和煦地灑進了掀開板窗和竹簾的房間。

矮桌靠近通風良好的外廊擺著，安倍晴明面對矮桌，在紙上寫著什麼。

他讓毛筆吸滿磨黑的墨水，流暢地寫著漂亮的文字。寫字或占卜時，他都會挺直背正襟危坐。

勾陣倚著柱子，雙手環抱胸前，以平靜的眼神看著晴明的背影。

晴明知道沉默的勾陣就站在那裡。不管其他神將怎麼說，她都不肯回異界。晴明認為她應該有她的想法，所以沒有對這件事表示意見。

想到昌浩出門前說的話，勾陣掩嘴笑了起來。
聽到笑聲，晴明停下筆，偏頭看著她，滿是皺紋的嘴角帶著淡淡的笑容。
「怎麼了？」
老人的聲音聽起來是那麼親切、悅耳，勾陣眼神溫和地說：
「沒什麼，就是昌浩他……」
「他怎麼了？」
晴明完全停筆，整個人面向勾陣。
已經吃完早餐、做好準備，就等著出門的昌浩，突然慌慌張張跑來，非常堅決地對她說：
「我會盡快趕回來，妳要等我回來哦！我會確定什麼時候可以休假。」
昌浩認為突然去拜訪太失禮，所以拜託先出發的勾陣幫他通報。
勾陣答應了，因為她本來就打算拖過中午再出發，所以昌浩的要求正好幫了她一個大忙。
女巫說只要不會太晚，什麼時候到都可以。如果會晚點到，只要先通知她就沒有問題。
也就是說，只要事先聯絡，不管半夜或清晨抵達都沒關係。

出發時間決定後，就能知道大約什麼時候到達，只要在出發時透過水鏡告知她就行了。

昌浩這麼極力要求，勾陣也支持到底。

「乾脆像其他貴族那樣，以凶日或觸穢為藉口不就行了？」

看到勾陣強忍著笑的樣子，晴明敲敲身旁的式盤，苦笑著說：

「以昌浩的個性不會那麼做，換了是我就會。」

「只要你說『占卜結果，今天是凶日』，就沒人敢說不是吧？」

因為他是當代最厲害的大陰陽師。

晴明自己也知道，所以不會輕易做這種騙人的事。但必要時，他可以把假的說成真的，要是連這種事都做不到，就當不了陰陽師。

倚靠柱子，輕閉著眼睛的勾陣聳聳肩說：

「有了延後出發的好藉口，太裳和天一也沒話說了。」

「妳真是……」

晴明嘆息著，無奈地搖搖頭，又轉向矮桌，讓毛筆吸滿墨水，在紙上咻咻咻地寫著字。

「晴明，你一直在寫什麼？」

「嗯?不是什麼大不了的東西，只是把我臨終時必須處理的種種事情，先趁現在寫下來。」

感覺到身後有雙烏黑的眼睛瞪著自己的背，晴明又輕輕補上一句：

「不過，還要一段時間才會用到吧！」

那就是與生俱來的天命了。目前，他已經保住了生命。

儘管知道是天命，胸口還是掠過無法形容的惆悵。

十二神將都很長命，所以覺得人類的一生就像一眨眼那麼短。

自從成為式神以來，她就常看著晴明面向矮桌振筆疾書的背影，背脊依然挺直，到現在都沒變。

「喂，勾陣。」

「嗯?」

晴明繼續動著筆，沒回頭看她。

「為什麼天一那麼堅持要妳回異界，妳卻非守在這裡不可?紅蓮每次看到妳就用力皺著眉，那樣子很像宵藍。」

「對騰蛇說這種話，真的會被討厭哦！晴明，最好不要說。」

恐怕青龍會更不高興吧！這兩個人真的是水火不容。

「我才不會說呢！我可不想被瞪。」

不過，青龍說不定已經聽見了。雖然他現在不在人界，但是很可能在異界窺視著這裡。

「先不談這個了，快回答我的問題吧！」

勾陣為難地笑笑。

挺直的背脊沒有變，除了烏紗帽下的頭髮已經斑白外，其他都跟以前一樣。

啊，是晴明！

他就在這裡，一點都沒有變。

「沒什麼大不了的原因，只是……從很久以前，我就喜歡看著你的背影。」

晴明停下筆，偏過頭望向她。

「是嗎？……」

眼睛瞇成細縫的晴明就像個好爺爺，眼神是那麼慈祥溫暖。是歲月的累積，讓他有了這樣的柔韌。以前，他總是動不動就表現出刀一般的銳利，完全遮掩了他柔和的本性。

突然，晴明環視周遭一圈。

嬌小的玄武在他身旁現身。小孩模樣的他直盯著晴明，滿臉有話要說的樣子。

「玄武。」

晴明叫喚他的名字，他默默點頭，在老人身旁坐下來。正襟危坐的玄武沉默不語，老人骨瘦如柴的手撫摸著他的頭。

勾陣看著這情景，想到天后說玄武最近看起來沒什麼精神。

前陣子她都在異界靜養，所以不知道詳細情形，只聽說晴明命令他去做某些事。而且是把平常會交給昌浩去做的事，交給了玄武和太陰，朱雀與白虎也參與其中，她就只知道這麼多了。

不久後，天一、朱雀和太陰都來了。

「勾陣，聽說妳要等昌浩回來才走？」

太陰偏頭問，勾陣點點頭，轉向天一說：

「沒錯，就是這樣。」

天一無可奈何地嘆了口氣。站在她旁邊的朱雀輕輕瞪著勾陣，但是沒有更進一步的抗議。

朱雀直接在玄武旁邊坐下來，天一也跟著坐了下來。

看到三個人都很在意玄武的樣子，太陰訝異地壓低聲音說：

「玄武最近好像沒什麼精神，勾陣，妳知道原因嗎？」

勾陣搖搖頭說：

「不……我也不知道。」
「看他那樣子，又不好直接問他，所以我問了晴明。」
黑曜石般烏黑的眼睛浮現出很想知道的眼神。
太陰瞄晴明一眼，嘀嘀咕咕地接著說：
「那件事已經解決，應該沒什麼問題了，最後還做得盡善盡美呢！可是不知道為什麼，晴明卻跟我裝傻。」
所以應該是不必知道的事吧？雖然有點擔心，但既然是不希望被問起的事，再繼續追究也對玄武不好。
太陰邊嘆息，邊偏過頭去看著玄武。
「看到他陰沉的表情，連我的心情都跟著沉重起來。剛好要去道反聖域，希望他可以乘機散個心，那裡有山也有水。」
太陰說得好像他們要去遊山玩水，勾陣苦笑起來。
鐘鼓聲響，到末時了。
工作告一段落的昌浩，把雙肘搭在陰陽寮外廊的高欄上。
「唔……」

小怪跳到滿臉哀怨的昌浩肩上。

他不露聲色地問過陰陽博士，果然，在乞巧奠結束之前很難請假。

陰陽博士安倍吉平，絲毫不以為意地對失望又沮喪的昌浩說：

「你最好請父親幫你占卜吉凶……」

聽到這句話，昌浩驚訝地看著伯父，伯父自顧自點著頭。思考了好一會才理解他話中意思的昌浩，現在正在掙扎呻吟中。

吉平伯父的意思是，何不請祖父晴明幫他請凶日假？

小怪當場就聽出了話中的意思，因為它從吉平出生時就認識他了。

有其父必有其子。

「怎麼了？小弟，你的臉色不太好呢！」

從高處傳來聲音，昌浩抬起了頭。

「大哥。」

大哥成親對他笑著。

看見小怪跳到高欄上東張西望，成親不解地皺眉問：

「你在幹什麼？騰蛇。」

伸直了背，把前腳搭在額頭上的小怪輕鬆地說：

「沒有啦！我在看那些曆生是不是會像平常一樣跑來找落跑的博士。」

比昌浩高出一個頭的成親板起臉說：

「你把我當成什麼了？」

「那你今天是正正當當地出來囉？真難得呢！」

小怪說得好像真的很佩服的樣子，成親抗議地看著它，昌浩趕緊緩和氣氛說：

「啊！大哥，你找我有事嗎？」

沒事就不能來找你嗎？成親這麼嘀咕著，嘆了口氣。

「我做了奇怪的夢，想來聽聽你的意見。」

「咦……？」

昌浩的心跳加速，今天早上夢見的紅色螢火蟲掠過眼角。

看到昌浩緊張的樣子，成親有點訝異，又接著說：

「好像有什麼東西在黑暗中蠢蠢欲動，發出咻咻的奇怪聲音……」

但是，看不見任何東西，只感覺得到聲音和動靜。

「就只有這樣？」

「是啊！不過，可能只是因為太暗了而看不見。」

我想我的夢應該沒有多大涵義，告訴你是為了謹慎起見。

成親說完後，聳聳肩又改變了話題。

「對了，爺爺怎麼樣了？」

「晴明啊？他完全康復啦！」小怪跳到成親肩上，舉起前腳說：「他本人說，會健康康活到天命結束……什麼時候結束我也不知道。」

不過，既然他這麼說，應該還有段時間吧！

他能活到現在已經算很長命，被當成了非人怪物，今後還會健在很長一段時間，真不知道是不是該佩服他。

真到了那一天時，或許會悲傷，但也不禁懷疑他到底會活到什麼時候。

成親瞥一眼若有所思的昌浩，心想，不管怎麼樣，爺爺至少要活到昌浩與藤花有個什麼結果。

「那麼，要請十二神將好好看住他才行。」

「什麼意思？」

小怪疑惑地皺起眉頭，成親哈哈大笑說：

「因為爺爺就是那種人啊！跟他已經認識很久的十二神將說的話，比我們說的話有用吧？」

的確是這樣。

小怪由衷贊同。尤其是天空出面時，晴明通常也只能屈服。最大的原因應該是當晴明收神將為式神時，就被身為老人的天空的威嚴震懾了。所以不管年紀多老，都無法改變第一印象與初戰失敗的事實。

「啊！還有一件事，昌浩。」

陷入沉思的昌浩被拉回了現實。

「什麼事？」

昌浩眨著眼問。闊達的大哥露出爽朗的笑容，輕輕地在弟弟的額頭上彈了一下。

「藤花小姐應該恢復得差不多了吧？改天我會跟昌親一起去探望她，先跟你說一聲。」

「哦！知道了。」

昌浩點頭時，傳來踱踱踱的雜亂腳步聲。

「博士——！」

成親皺起了眉頭。

回頭一看，曆表部的曆生們正往這裡跑來。

坐在他肩上的小怪疑惑地看著他說：

「原來你不是堂堂正正地出來的啊？」

「當然是堂堂正正地出來的啊！你在說什麼！」

成親顯得有點生氣，小怪從他肩上輕盈地跳下來。

看著邊在背後揮手，邊往曆生們走去的成親，昌浩和小怪嘆口氣，聳起了肩膀。

「啊！我要回去工作了。」

離退出陰陽寮的時間還有一刻鐘，他已經取得許可，只要在那之前完成所有工作，今天就可以準時離開。

「還剩什麼工作？」

小怪登登邁出步伐，昌浩數著指頭說：

「呃，中務省交代的文件已經整理完了，還剩下乞巧奠的準備和抄寫下個月的曆表。」

忽然，昌浩開心地笑了起來。

「不久前，其他省廳的人稱讚我說，我的字愈寫愈好看了呢！」

昌浩知道自己的字寫得並不好，一點都不流暢，所以聽到那種毫無修飾的單純稱讚也很開心。

小怪笑說這樣啊，這時，突然傳來鳥叫聲，小怪往那個方向望去。

屋頂上停著兩隻烏鴉。

視線與小怪一交接，烏鴉便拍起了翅膀。一隻就那樣飛走了，另一隻還是看著他們。

「最近常看到烏鴉呢！」

沒有妖氣之類的感覺。任何生物只要活得太長，就會跟怪物扯上關係，那兩隻烏鴉說不定也是那樣。

小怪跟在走回陰陽寮的昌浩身後，做了這樣的結論。

烏鴉看著昌浩，動也不動地停在那裡好一會。

剛才飛走的烏鴉又飛落下來。

不久後，兩隻烏鴉不約而同地發出又高又長的鳴叫聲，拍拍翅膀，一起飛上了天。

黑色烏鴉在幾乎快擦撞到安倍家圍牆的高度滑翔著。

最後停在靠近圍牆的柳枝上，從那裡看著最東北角的——晴明的房間。

老人就坐在掀起的板窗與竹簾前。

正專注地看著占卜的結果。

「……」

帶著憂慮的眼睛，動也不動地盯著式盤。

勾陣發現晴明一語不發，渾身散發出愈來愈凝重的氣息，訝異地問：

「晴明，怎麼了？」

晴明只是沉默地把視線轉向她，她等著主人的答案。

不久後，老人才摸著下顎的白鬍鬚，低吟著：

「嗯……」

晴明是在寫完東西，接著像想起什麼似的拿起式盤占卜後，才變得不太對勁。

應該會讓模糊不清的事情顯現真相的占卜器具，似乎沒有順他的意。

晴明看了結果之後，神情凝重，從剛才開始就一直沉默不語。

已經過了申時很久，就快到酉時了。一到酉時，天色就會開始暗下來，可能的話，她希望能在那時候出發。要不然，不只天一他們，連道反聖域的守護妖都會埋怨太晚了。

堅決地說絕對會早早回來的昌浩如果有遵守承諾，應該已經離開陰陽寮，在回來的路上了。

隱形的天一、朱雀和玄武都現身了，他們也感覺到老人凝重的眼神中帶著不安，所以猶豫著該不該說話。

不久後，朱雀率先發言。

「晴明，你看到了什麼？」

面對他平靜的詢問，老人垂下眼睛說：

「我做了奇怪的夢。」

「夢？」

天一擔心地眨眨眼睛，玄武接著問：

「怎麼樣的夢？晴明。」

勾陣倚靠柱子，合抱雙臂，靜靜看著這一切。過了一會兒，晴明終於沉重地開口說：「我夢到在黑暗中流動的河川……」

像撕裂眼前的一片黑暗般，紅紅的河川熊熊燃燒著。

「燃燒的河川？」

正當勾陣疑惑地喃喃自語時，聽到烏叫聲。

她不經意地望過去，看到停在柳樹上的烏鴉。收起漆黑翅膀的烏鴉察覺到神將的視線，並沒有閃避。

「那隻烏鴉……」

勾陣正要慢慢地站起來時，烏鴉高叫一聲，展翅飛上了天。

飛走是偶然還是……？

漆黑的烏鴉……因為相隔一段距離，所以看不清楚，但是望著她的眼神是那麼沉靜而空虛。

「晴明大人……」

天一的語氣突然變得僵硬。

老人的臉龐掠過不同於剛才的緊張。

就在神將們沉默地起身時，全京城都出現了異形的氣息。

4

所有守護妖一天輪班一次，巡視聖域。

雖然應該不會發生什麼事，但是，它們還是要巡視最深處的岩石與聖殿之間的內陸湖，還有環繞這些地方的森林、散落各處的宮殿，親眼確認有沒有異狀。

這些守護妖是道反大神娶女巫為妻時，由大神創造出來的生命。它們的存在是為了保護女巫、繼承女巫血脈的人，以及女巫統管的這個聖域。

邁開大步走在草地上的蜥蜴，迎著緩緩吹拂的微風，突然覺得有東西搖晃了一下。

「那是什麼？」

聖域的風是清淨的神氣流動，有異樣物質介入了其中。

蜥蜴停下腳步，仔細觀察四周，粗大的尾巴在地上茲茲擺動。它挺起了背，背上的灰色鱗片浮現出黑色圖騰。

「……」

蜥蜴以驚人的速度衝向連接人界的千引磐石。要進入聖域，必須突破那個磐石和那裡的結界。

要移動磐石、破除結界，必須取得守護妖或女巫的許可。

女巫和大蜈蚣都沒去人界，只有安倍晴明手下的幾名式神稍後會從京城過來。但是，當他們在通往千引磐石的洞窟前降落時，神氣就會通知聖域。

現在還沒有神將到達的氣息。

有接到通知說他們中午前還沒出發，而且說好離開京城時會以水鏡聯絡，但是現在快接近人界的黃昏了，都還沒接到晴明的通知。

看情形，應該會拖到晚上，而且很晚。

蜥蜴剛剛才跟蜈蚣說，既然這樣，還不如請他們晚上出發，白天到達。

蜈蚣正跟女巫待在聖殿。蜥蜴也打算巡視完後，去看看公主沉睡的藍色宮殿就回聖殿。

但是，情況不一樣了。

疾馳的蜥蜴低鳴著：

「可惡，又有賊入侵了……！」

這幾十年來，守護妖們曾經失敗過很多次。多虧大神與女巫心胸寬大，原諒了它們，它們才能存活下來。原本，在女巫與公主被智鋪奪走時，它們就該自我了斷了。

「我必須守護這片土地……！」

這是道反大神與道反女巫所在的清淨之地，也是心愛的公主長眠之地。

蜥蜴站在隔開人界的磐石前，仔細觀察周遭。

要從人界進入這個聖域，必須經過這裡。

蜥蜴瞪著磐石，發現乾燥的岩盤一角似乎有點扭曲。

從彷彿熱氣蒸騰般變得朦朧扭曲的地方，慢慢冒出霧氣。

蜥蜴低下身來盯著那地方看，發現飄出來的霧氣逐漸變成黑色。

愈來愈濃的黑色霧氣飄落各處，在地上形成黑漬。累積到好幾個黑漬後，就從那裡長出了野獸的頭。

蜥蜴張大了眼睛。

黑色妖獸群就像從水裡爬上來般，從土裡冒了出來。

那是擁有尖牙利爪，比熊還大的四腳妖獸。蜥蜴知道這是什麼妖獸，但是身體比它見過的大很多。

注視著蜥蜴的紅色眼窩沒有瞳孔。

妖獸發出威嚇的嘶吼聲，全都露出了尖牙。

在聖殿祈禱的道反女巫隱約聽到嘈雜聲，皺起了眉頭。

「那是……」

她移動視線，看到隨侍在側的蜈蚣抬起了頭。

「野獸的嚎叫？」

蜈蚣扭動幾百對腳走出聖殿，驚覺從人界的磐石方向吹來了異常的風。

「這是……?!」

「蜈蚣，怎麼了？」

女巫隨後跟來，蜈蚣轉頭對著她大叫：

「女巫，不要出來！」

確定女巫已停下腳步，蜈蚣便從外面關上了聖殿的門。

「我去看看情況，在我回來之前，絕對不要出來！」

大蜈蚣說完，不等女巫回答就衝了出去。

「蜈蚣！到底是……」

女巫不敢打開門，不安地東張西望。

是否該回到聖殿深處，傾聽道反大神的聲音呢？

今年春天，她才剛從五十多年的封魂沉睡中醒來。沒有她居中傳達，道反大神就不能下達神諭。還有，不透過她，道反大神也無法知道地面上所發生的事。

道反女巫是道反大神的眼睛、耳朵和嘴巴。

「大神……」

道反大神是坐鎮在這個聖域最裡面的巨大磐石，擋住了通往黃泉的黃泉比良坡④的出口，成了防止黃泉大軍攻入人界的要塞。

大神本身也擁有強大的神通力量，縱使敵人來襲也威脅不了祂，從神治時代開始，就是保護著黃泉的偉大神明。

而道反女巫不但是大神的代言人、聖域的主人，同時也是大神的妻子。

現在無法掌握入侵者的身分，守護妖又不在身旁，讓她非常擔心大神的安危。

啊，還有……

女巫全身戰慄。這個地方，有神治時代時，道反大神交給她保管的東西。

那東西絕不能外流，是長久以來，由這個聖域守護、傳承下來的可怕咒具。

道反女巫暗自慶幸，在自己沉睡期間，那個咒具沒有落到任何人手中。她由衷感激自己不在時，仍守護著這片土地的守護妖們。

外面捲起守護妖的妖力漩渦。自從智鋪宗主的事件以來，它們釋放出來的妖力從來

沒有這麼強烈過。

猛烈的咆哮與淹沒咆哮聲的嗥叫，劃破整個聖域，女巫清楚感受到傳遍聖域的奇特靈氣。

「這、這究竟是……！」

人界的封印被突破了。不是完全被突破，而是一部分被撬開了。

女巫已經修復了被智鋪破解的道反封印，現在卻又……

妖獸的氣息不斷滋生，包圍了聖殿。大量的氣息如疾風般飛掠而過，低沉的鳴叫聲與猛烈的嗥吠聲重疊縈繞，它們所釋放出來的奇特靈氣，瞬間污染了聖域的清淨空氣。

不知道蜥蜴和蜈蚣怎麼樣了？三個月前，因為擔心只靠它們兩隻不夠，所以女巫又向道反大神請求了新的守護妖。大神接受了她的請求，答應補足失去的守護妖數量。

其中一隻現在還沒覺醒。但是，即使覺醒了，剛醒來也不知道能幫上多少忙。

「——！」

從遠方傳來蜥蜴的怒吼聲，女巫鬆了一口氣。太好了，蜥蜴沒事。

「蜥蜴……！」

明知蜥蜴聽不見，她還是呼喚了忠實的守護妖。守護妖有真正的名字，但那是道反大神賜給它們的，所以她沒有叫過。

咆哮聲震耳欲聾，蜥蜴與蜈蚣的妖力愈來愈強烈、犀利。

然而，奇特的靈氣還是繼續在整個聖域蔓延。

女巫心驚膽戰，感到毛骨悚然。她看管這個聖域不知道多久了，在這漫長的歲月裡，這片土地第一次遭到這麼強烈的侵犯，她絕不能容許這種事。

除了千引磐石外，那個咒具也絕不能被敵人發現，如果被發現……

這樣的想法有如冰冷的手指掐住了女巫的心臟，一股戰慄掠過背脊。

同時，她也驚覺一件事。

那孩子正沉睡在藍色宮殿。

「風音……！」

就在她正要打開大門時，聖殿的牆壁強烈搖晃起來。

一陣震盪撼動了建築，產生的衝擊一次又一次襲向聖殿，木窗被震得嘎吱作響。逐漸被摧毀的窗櫺碎片散落室內，掉在女巫的肩上。

女巫猛然抬起頭，看到鼻尖從半毀的窗戶伸進來的妖獸的臉。

深紅色的眼窩注視著女巫。

妖獸捕捉到道反女巫的視線，閃爍著喜悅的光芒，咬碎窗櫺的牙齒也閃著銳利的光芒。

妖獸的嗥吠聲在聖殿內回響。處處響起刺耳的可怕咆哮聲，響徹聖域，像是在與嗥吠相呼應。

女巫的眼眸充滿了驚恐。

那是深黑色的狼，比一般的狼大上好幾倍，釋放出來的不是妖力，而是一種奇特……不，是虛空的靈力。

這是……

「魑魅……！」

女巫虛弱地叫出聲來，妖獸猙獰地笑著。

「唔……！」

女巫倒抽一口氣向後退。妖狼終於用牙齒與爪子扯碎了窗櫺，試圖從突破的洞口鑽進來。

其他妖獸也衝撞著大門和牆壁，籠罩聖殿的靈氣愈來愈濃烈，像在威脅她、嘲笑她一般逐漸膨脹。

妖獸的咆哮聲震耳欲聾，女巫被迫衝進了聖殿最裡面的房間，鎖上對開的門。

在門上施行封鎖咒後，女巫顯得驚慌失措。

自己還可以躲在這裡，可是守護妖、還有女兒的遺體怎麼辦呢？更令人擔心的是大神與咒具的安危。

「我……我該怎麼做……」

這時，背後的門嚴重彎折。

她驚愕地回過頭，發現可怕的靈力與她的神咒相互作用，抵銷了威力。

有妖獸之外的某種東西正企圖入侵，而且，應該就是發動這次攻擊的主謀。

從門縫看到紅色的光芒，是狼的眼睛。

捕捉到女巫身影的雙眼，帶著刺人的剛烈。

無路可逃了。這樣下去，門會被撞破，等在門前的妖獸群將大舉入侵。

女巫屏氣凝神地看著門，隱約聽到對話聲。

「多由良，這裡……」

「……那麼，我……」

具有邪惡靈力的人漸漸遠去。

女巫的心跳加速，本能告訴她，不能放走這個人，不然會發生可怕的事。

不攔住他的話，這片土地……不，這個世界將發生可怕的事。

企圖破門而入的妖獸群不停地攻擊，神咒就快被摧毀了。

神咒產生裂痕，靈氣慢慢滲透進來。好幾對紅色眼睛，在坍塌的門縫裡閃爍著捕捉到獵物的兇光。

成群的野獸正向著這扇門前進。

空氣發出霹唏的乾裂聲響，摧毀了門與神咒。

終於破門而入的所有妖狼同時高聲嗥吠，露出尖牙。

「——！」

女巫發出慘叫聲。

就在這一剎那，從沉放在湖底的石櫃捲起強大漩渦，滿湖湖水形成水柱向上噴射的景象，在她腦海浮現。

與此同時，從遼闊的聖域遠處響起湖水向上噴射的轟隆聲，撼動了整個地面。

震盪使她的身體失去平衡，差點站不穩而向後仰。就在狼牙快咬到她的頸子時，一聲尖叫劃破天際。

「女巫——！」

道反聖域不是人界，而是人界與黃泉之間的世界。

這個閃耀著與人界不同的陽光的世界，也跟人界一樣到了黃昏時刻。

黃昏是妖魔的領域，又被稱為逢魔時。所以，覆蓋這片廣大聖域的暮色，正好搭配這個妖魔蠢動的不祥時刻。

那座離守護聖域的聖殿有段距離的湖，向來湖水滿盈。但是，現在湖水向四周噴濺，已經看得見湖底了。

藏在湖底中央的石櫃碎裂得慘不忍睹，裡面的東西被真鐵用布包起來，收到懷裡了。

把遮蓋全身的黑布拉低到眼睛上方的真鐵，掀開黑布，露出臉來。

「沒必要再待在這裡了。」灰黑色的妖狼語帶嘲諷地說。

真鐵摸摸它的頭，透過衣服輕輕扶著懷裡的東西，一手將掉落身前的黑布撥到後面。

「沒錯，進行得太順利了，撤退吧！」

真鐵轉身跳到妖狼的背上。比他高大許多的狼，像駿馬般載著他向前奔馳。

種種景色瞬間擦身而過。真鐵瞥一眼到處蠕動的深黑色妖狼群，再次眺望整個遼闊的聖域。

「……嗯？」

突然，他看到藍色的屋頂。

是座宮殿。

「真鐵，怎麼了？」
妖狼發現不對勁，放慢了腳步，真鐵把手指向自己看到的屋頂。
「那座宮殿……好像有特別的力量守護著。」
妖狼載著定睛凝視的真鐵，走向那座宮殿。
愈靠近，四周的空氣就愈清新。
藍色屋頂的宮殿空無一人，但覆蓋著清淨的防護罩，那是徹底隔絕所有惡意、禍心的無形壁壘。
「看了就討厭。」
真鐵口中唸唸有詞，伸出右手，當手碰觸到無形壁壘時，突然火花四濺，他不由得皺起了眉頭。
「唔……！」
指尖裂開，淌下了鮮血。灼傷的皮膚火辣疼痛，讓他極不高興。
瞇成細縫的眼中閃著刀刃般的冰冷光芒，包圍他的空氣也隨之凍結了。
「多由良，你退下。」
被叫作多由良的狼聽話地拉開了距離。
真鐵用自己的血在手掌上描繪圖騰，按在無形的壁壘上。壁壘反彈地濺起火花，推開了真鐵的靈力。手掌茲茲作響，飄散出肉被燒焦的臭味。

「真鐵……！」

多由良大驚失色，真鐵用眼神讓它安靜下來，揚起嘴角說：

「沉睡在我們血脈中的這股力量，會抵銷道反的神氣。」

按在壁壘上的手掌爆裂了。

真鐵纏繞全身的布灌滿靈力的漩渦，高高揚起。血從爆裂的皮膚噴出來，四濺的鮮血使無形的壁壘失去力量，最後碎裂成粉末。

籠罩宮殿的清淨力量化為烏有。

多由良緩緩走向真鐵，舔舐他淌著血的右手。傷口應該很痛，真鐵卻面不改色地握起了拳頭。

「我沒事，進去吧……」

打開門踏入宮殿內的真鐵和多由良，目光都落在正中央的方形平台上。

白色的布有著高低起伏的隆起，顯然是人的形狀。

真鐵默默伸出手，一把掀開那塊布。

狼倒抽了一口氣。

「這是……！」

躺在上面的是臉上毫無血色的女人，年紀約二十歲左右。長及腰部的烏黑頭髮披散在背下，露在純白色衣服外的手腳也白得像紙一樣。

肢體與臉龐都沒有一絲生氣。但是，依然無損女人相貌的美麗。

從絕非活人的肌膚顏色與纏繞身體的神氣，可以知道這是個與時間隔絕、不會腐朽的肉體。

為了謹慎起見，真鐵還碰了碰她的頸子，連微弱的脈搏都沒有。

「真可惜，是具屍體。」

既然會安置在道反聖域，應該是道反的親人。聽說道反女巫有個女兒。

那麼，這就是她女兒?也就是說，這裡是她女兒的殯宮?

真鐵摸摸女人的額頭。

連靈魂殘渣所釋放的靈力都點滴不剩，可見魂魄已經脫離很久了。

血滴在女人白色的臉上，形成一條紅線，很像臉裂開了。

「如果還有靈魂就更好了，不過……」

說到這裡，真鐵冷冷地笑了起來。即使只剩下屍骨，還是派得上用場。

「你想做什麼?」

狼直盯著女人的臉，真鐵把它的臉推開，拔出了腰間的劍。

「這個身體還殘留著強大的力量，我當然不能放過。」真鐵這麼說，把綻放著微弱光芒的鋼劍架在女人的肩膀上。

在千鈞一髮之際趕到的蜥蜴，以妖力把妖獸群彈飛了出去。

女巫癱倒在地上，動也不動一下。蜥蜴看到她那樣子，心中閃過最不好的猜測。

「女巫！女巫！」

蜥蜴踢開妖狼群，衝到女巫身旁，發現她只是昏過去，才鬆了一口氣。

摔得四腳朝天的妖狼群還來不及重整旗鼓，蜥蜴已經把女巫放到自己的背上，擋住了敵人的去路。

無數的紅色眼睛，狠狠瞪著這個在緊要關頭冒出來的異形。

蜥蜴的漆黑眼睛中燃燒著憤怒的火焰，發出兇猛的怒吼聲。

「滾！」

爆發出來的妖氣漩渦比剛才的威力更強，那是從蜥蜴大張的嘴所施放出來的凍氣漩渦。被擊中的妖獸都瞬間凍結，緊接著碎裂了。沒有被擊中的妖獸也受了重傷，全身動彈不得。凍結的四肢啪啪碎裂的妖狼忿恨地叫喊著。

蜥蜴釋放出來的凍氣爆裂三次，把聖殿內張牙舞爪的妖狼群消滅得一隻不剩。

冰的結晶如雪般紛飛。嚴寒的風在聖殿內狂吹，把妖獸所釋放出來的靈力統統消除了。

將虛空的靈力也驅散得不留痕跡的蜥蜴，還是警戒地散發出鬥氣，小心觀察四周的狀況。

搜尋了一下氣息，確認附近沒有敵人後，蜥蜴才放鬆警戒。

躺在它背上的女巫微微動了一下。

蜥蜴趕緊轉過頭看，身體靜止不動，以免主人摔下來。

不久後，女巫蒼白的眼睛緩緩睜開了。

「女巫，妳覺得怎麼樣？」

看到漆黑的雙眼充滿擔憂，道反女巫眨了幾下眼睛，慢慢撐起身體。

「嗯……我沒事。」

女巫甩甩頭，試著甩去大腦的昏沉，把手放在額頭上。

隨著昏沉逐漸消散，意識愈來愈清楚，才湧現出九死一生的真實感，難以形容的驚恐與戰慄凍結了她的心。

心跳得好快，嘎噠嘎噠發抖的身體血色盡失，她好不容易才從乾渴的喉嚨擠出微弱的聲音。

「湖底……封印的石櫃……」

蜥蜴受到閃電般的衝擊。

只想著趕到女巫身旁的蜥蜴，在途中的確聽到了轟轟水聲。

「不會吧……！」

蜥蜴難以置信地大叫，雙眼愕然凍結。

這時候，大蜈蚣發出窸窸窣窣的腳步聲衝過來了。

「女巫、蜥蜴啊……！」

女巫和蜥蜴緊張地看著蜈蚣。腳步蹣跚的蜈蚣用僅剩的力氣支撐著快倒下的身體，擠出聲音說：

「封印的石櫃被摧毀，咒具被奪走了……」

「唔……！」

因衝擊過大而忘了呼吸的女巫，氣喘吁吁地按著胸口。

她害怕的事發生了。那東西被帶到地面了？

蜈蚣必須對上氣不接下氣的女巫說出更令人絕望的事。

「還有……」

看到蜈蚣難以啟齒、吞吞吐吐的樣子，蜥蜴催促它趕快說下去。

「到底、到底發生了什麼事……？」

女巫注視著蜈蚣帶著猶豫的雙眼，眼睛已經張大到不能再大了。

蜈蚣總是帶著剛烈的銳利紅眼，浮現出驚慌與憤怒摻半的複雜神色。

好不容易，蜈蚣才壓低聲音說：

「公主的遺體……被奪走了……」

響起一陣淒厲的尖叫聲。

「女巫！」

蜈蚣與蜥蜴同聲大喊的聲音，傳不到女巫耳裡了。

臉色發白的女巫，身體搖晃傾斜，就那樣虛脫地倒了下來。

有隻狼在通往千引磐石的隧道入口徘徊。

比一般狼大了許多的灰白色妖獸在附近走來走去，不時窺伺著隧道裡面。

不知道這樣等了多久，直到太陽完全下山，夜幕支配了世界時，它才終於見到兄弟們。

「多由良！」

狼呼叫先衝出來的兄弟的名字，與它相互摩擦脖子。

「這麼晚才出來，害我好擔心是不是出事了。」

「不用擔心，茂由良，非常順利。」

多由良往後看，茂由良也順著它的視線望過去，看到出現在黑暗中的身影，叫了一聲：「真鐵！」

黑色妖獸的背上載著被白布包住的東西。全身纏繞黑布的真鐵扶著那東西以防掉落，另一隻藏在黑布裡的手握著鋼劍。

「結果怎麼樣？真鐵……真鐵？」

跟入侵隧道時一樣把黑布拉低到眼睛上方的真鐵，撫摸著茂由良的頭。茂由良覺得不太對勁，皺起了眉頭，驚訝地望向兄弟，多由良意有所指地瞇起了眼睛。

「茂由良。」

聽到叫喚聲，茂由良抬起了頭。

藏在黑布底下的那雙眼睛，一如往常地炯炯發亮。

「這是道反公主的屍骨。」

「屍骨……！」

真鐵點點頭說沒錯，全身被布包住的他，露出冷酷的笑容。

「光屍骨也有用，我取得這個屍骨殘留的力量，靈氣比以前增強了好幾倍。」

茂由良目光閃爍地看著笑說撿到了好東西的真鐵。

「還花不到一天的時間呢！這個道反聖域太脆弱啦！」

真鐵指著白布包裹的東西說：

「茂由良，你護送這東西回大王那裡。」

「真鐵跟多由良呢？」

「我們……」

真鐵看了多由良一眼，從布的縫隙間露出冷笑。

「道反的守護妖一定會追上來，我把它們全殺了再回去。」

「知道了。」

灰白妖狼扛起白布包裹，率領著黑色妖狼群，如疾風般奔馳而去了。

目送狼群離去的多由良與真鐵互相使個眼色，屏息往隧道內窺伺。

「走吧！多由良。」真鐵揚起黑布，跳上灰黑色大狼的背，高聲宣佈：「經歷漫長歲月的封印解除了，今晚要舉辦慶祝會。」

狼的嗥吠聲響徹天際，但尾音與守護妖的怒吼聲重疊了。

聽到宛如扎刺著背的慘烈叫聲，真鐵的雙眸閃過淒厲的光芒。

「我們要圍在它們的屍體旁慶祝，將它們的血注入酒杯裡……！」

接到殺戮命令的狼，默默地露出了尖牙。

「知道了。」

小怪的陰陽講座

④根據日本古代出雲神話，「黃泉比良」是介於「黃泉之國」與「現世之間」的坡道，所以黃泉比良坡是進入黃泉國的入口。

5

魑魅隨時擦亮眼睛，監視著成為阻礙的人類動向。

魑魅沒有自己的意志，是聽命於創造主，行使創造主擁有的力量。

魑魅接到的新命令，是引開那些人類的注意力。

乾枯的眼睛注視著什麼都沒察覺的孩子背部。

那雙眼睛像堅硬的水晶般閃爍著冰冷的光芒，從黑色的嘴發出來的叫喊聲在空中回響，告知主人行動開始了。

「嗯……？」

聽到分外沉重的鳥鳴聲，昌浩環視周遭。

視線所及的地方都沒看到那樣的鳥，難道是在自己沒察覺時飛走了？

過了申時很久後，昌浩才匆匆收拾手上的工作，退出了陰陽寮。這樣已經算早了，在大型活動前雜務暴增，所以工作時間怎麼樣都會延長。

在皇宮內他只能用走的，打算出了門就往前跑。小怪似乎也看穿了他的心思，快步

向前走著。

看到門就加快了腳步的昌浩，正準備一到門口就往前衝。

瞬間——

「昌浩！」

昌浩與小怪同時停下腳步，反衝的力道差點讓他往前栽，好不容易才挺住身子回過頭。

小怪順勢在半空中翻了幾個觔斗，安全著地。它甩了甩白色尾巴，夕陽色的眼睛閃過不悅的光芒。

小怪邊看著臉色愈來愈難看的昌浩，邊轉向快步跑過來的人。

「敏次。」

「啊！趕上了。」

停在昌浩面前拍著胸口的藤原敏次，手上拿著一封信。

「怎麼了？有事嗎……」

敏次把信拿給訝異的昌浩看。

「陰陽寮長要我把這封信交給晴明大人。」

是陰陽寮長給晴明的信，就時間來看，應該是關於乞巧奠的事。

昌浩想通後，準備接下信，敏次卻不交給他。

「站在這裡會擋到其他人，我們邊走邊說吧！」

兩人並肩走出門，不知為何，就那樣一起走向了回安倍家的路。

小怪在敏次身邊靈活地走來走去，瞇起眼睛從下面瞪著他。

「喂、喂！你到底有什麼事啊？有信要給晴明，交給這小子就行了嘛！啊啊啊！不准再靠近昌浩！」

小怪「噓、噓！」叫著，揮動前腳趕人，但是敏次看不見。

有道反丸玉所以看得見的昌浩，心情複雜地撇開了視線。

都過這麼久了，小怪對敏次還是很反感。以這種程度來看，應該有大半是意氣用事吧！

說真的，它為什麼會這麼討厭敏次呢？

「明明是個好人啊！」

昌浩這麼碎碎唸著，完全不知道自己這樣的想法會激怒小怪。

每次看到敏次抓住安倍晴明唯一的接班人，叫他要多修行或告訴他努力就能成為優秀的術士，小怪就會想：「輪不到你對他說這種話！」

但是，小怪從來沒有說出這樣的重點，所以老是跟昌浩起爭執。它自己也懶得為這種小事一一做說明，只能一味地強調自己有多討厭敏次。

昌浩邊注意氣得肩膀發抖的小怪，邊開口說：

「呃，寮長的信……」

敏次點點頭說：

「是關於乞巧奠的事，不是什麼大事或緊急的事。」

果然是。

昌浩猜對了。

「那麼，我……哦！不，在下可以幫你轉交祖父。」

「不行，上面交代要我親自交給晴明大人。」

昌浩與小怪同時張大了眼睛。

「啊？」

小怪發出質疑，敏次沒聽到。

「這是為什麼？」

昌浩訝異地問，敏次看他一眼，心情複雜地嘆著氣。

把信抱在胸前的他，似乎想說什麼，眼神飄來飄去。

「敏次？」

「老實說……的確是寮長交代我這麼做的，但是……」
很少看到他這麼吞吞吐吐，昌浩用愈來愈懷疑的表情看著他。
不久後，敏次像豁出去似的垂下肩膀說：
「再掩飾也沒用，老實說，信只是藉口。」
「啊？」
「你說什麼？」
這次昌浩和小怪都驚訝得說不出話來，瞪著敏次。
因為從下方看不清楚敏次的表情，所以小怪不情願地跳上了昌浩的肩膀。它一點都不想看敏次那張臉，但只要與晴明相關，它就不能置之不理。
啊！可是靠這麼近，它就有股衝動想踢飛敏次那張神經質的臉。不，乾脆用痛苦的經驗累積出來的各種必殺技，把他踹到地獄……不、不，讓他踏上漫長旅程前往夢之國也不錯。
昌浩本能地察覺，小怪又在打鬼主意了。雖然無法猜到小細節，但是，看到它豎起白毛狠狠瞪著敏次的樣子，就可以大約猜出它在想什麼。
小怪抓著昌浩的右肩，昌浩抓住它的尾巴，封住了它的行動。因為尾巴夠長，所以這種時候很方便抓。

「喂！昌浩，你在防什麼？這麼不相信我？」
「嗯。」
昌浩不假思索地回答。
「嗯？」
聽不到小怪聲音的敏次，對昌浩突兀的話感到疑惑，昌浩趕緊搖搖頭說：
「啊！沒、沒什麼。」
接著又補充說明「只是在想一些事」。前輩陰陽生看看這樣的後輩直丁，顯得不是很在意，看著信說：
「上面交代我把這封信交給晴明大人，順便確定他復元了多少……」
話尾說得模糊不清。以他的性格，不太會這樣說話的。
「我祖父很好啊！我父親應該也向上面報告過了。」
「啊！我想也是，我並不是懷疑你，也不是沒把吉昌大人的報告聽進去，這一點請千萬不要誤會。」
敏次說得滿臉通紅，連昌浩都不禁疑惑地看著他。
小怪已經進入了備戰狀態。
「喂！喂！你不過是個陰陽生，竟敢懷疑吉昌、和吉昌的兒子裡唯一與父親同住的昌浩的報告，太大膽了！給我站好，我要殲滅你的劣根性！」

昌浩聽著小怪齜牙咧嘴地叫罵著。

殲滅？可見它一開始就很想把敏次打倒了。

這時候應該說拔除劣根性，而不是殲滅。

這麼胡思亂想的昌浩，還是緊緊抓著小怪的尾巴，等敏次繼續說下去。

「呃，也就是說，我也覺得不妥，但是……」

「嗯。」

「老實說……從陰陽寮長到陰陽助、權助、大允⑤等諸位大人都說，不管看過多少報告，還是要親眼確認晴明大人已經康復才能放心。」

「啊……？」

昌浩和小怪異口同聲地反問。只聽到昌浩聲音的敏次，語氣變得更微弱了。

「可是，他們怕一起去探望會累壞晴明大人，所以就派我來了。」

除此之外，還有另一個原因，那就是私下受藤原道長之託的行成，也親自來拜託他了。

道長和行成如果正式派使者前往，會顯得太隆重。他們不想讓剛痊癒的老人造成心理上的負擔。

就這點來說，派陰陽生敏次去，不但可以輕易編出前往安倍家的理由，他的報告也值得信賴，因為他不會隨便誇大自己看見和聽見的事。

既然是尊敬的行成所委託，就不能拒絕。

敏次說完後，露出終於完成一件事的表情。

「對不起，繞了這麼大一個圈子。不過，我也擔心晴明大人，所以也很希望能見到他。」

「這樣啊……」

昌浩覺得事情變得很複雜，在大腦裡做了整理。

陰陽寮長是寮裡最大的人物，陰陽助是第二大的人物，權助、大允也都是大人物，他們的階級都比伯父、父親和哥哥們高。

賀茂、巨勢、秦這幾位高階的重量級人物，竟然刻意編造理由派陰陽生前往。

可見祖父的存在多麼重要，昌浩既驚訝又開心，安倍晴明果然是不可或缺的人物。

小怪有點難以置信地瞇起了眼睛。

「喂、喂，寮內最高地位的寮長、陰陽助還這麼依賴藏人所陰陽師啊？這樣下去，陰陽寮還有希望嗎？」

小怪實在不能苟同，他們到現在還這麼依賴已不是陰陽寮官員的老人。

晴明年紀大了，而且雖然保住了性命，畢竟也在生死邊緣徘徊過，它不希望晴明再被其他人也能處理的麻煩事追著跑。

這恐怕是十二神將的共同想法吧！他們只關心晴明，完全不在乎陰陽寮會怎麼樣。

「啊！不過，連你都可以當陰陽生代表，可見陰陽寮本來就沒什麼希望了。嗯……喂！昌浩，你要快點當上陰陽生，再竄升到得業生⑥，趕快超越這傢伙，在宮裡展示你安倍昌浩的實力。」

昌浩邊左耳入右耳出地聽著小怪滔滔不絕的演說，邊抬頭對敏次說：

「我想我祖父也會很高興。」

敏次的眼睛稍微亮了起來。

「是嗎？我還擔心會不會打攪到他呢！」

希望不會，敏次又接著這麼說，他似乎真的很擔心晴明的身體。

很多人擔心安倍晴明會不會失去了法術與力量，這些人少了晴明就會有麻煩，所以會裝出很關心他的樣子。

但是，的確也有少數人是真的關心晴明這個人。

昌浩很高興有這樣的人。

敏次是打從心底尊重、敬愛安倍晴明這位陰陽師。他進陰陽寮時，晴明已經成為藏人所陰陽師，與陰陽寮之間有明顯區隔，所以敏次見到晴明的機會並不多。

他是基於種種因素被選為探視人，儘管心情複雜，應該還是很開心吧？但是，這件事情不能公開，而且最根本的理由也太可笑了。他很難把這件事告訴當事人或當事人的家人，也覺得很沒面子。

小怪說得沒錯，陰陽寮的大人物們一個個都這麼依賴晴明，這種事可不能讓重用他們的貴族知道。

緊抓著昌浩右肩的小怪不平地嘆了口氣。

「真是的……」

那個偉大晴明的如假包換、獨一無二的接班人，也不知道有沒有那樣的自覺，成天悠哉遊哉的。

「他每天都跟我一起吃早餐，我去工作時，他會查一些資料或寫些東西。」

敏次直盯著昌浩。

「怎麼了？」

「要說在下。」

隔了一拍，昌浩才慌慌張張地訂正。

「在下，是，在下。」

公私分明很重要。他一不注意就會露出本性，要小心才行。

昌浩認識的大人物都很爽朗、豁達，不太在意這種小節。而且，工作中也很少有以自己為主題的事，所以他常常都會疏忽。

身為公職人員，這樣不太好。

「在下、在下。」

昌浩很認真地一次又一次地在嘴裡複誦。

敏次看著他，讚賞地點點頭。

被敏次那種表情惹火的小怪瘋狂大叫：

「你這傢伙！你這傢伙！」

氣死人了！總之，就是氣死人了！氣到不行，氣到全身無力。

昌浩看著小怪暴跳如雷的樣子，不知道它是怎麼了。幸虧敏次聽不見它的聲音，也看不見它，所以沒什麼問題，但是，在耳邊鬼吼鬼叫的還是很吵。

「哼——！臭小子……！」

狂吼的小怪突然安靜下來。

從某處傳來鳥叫聲，聽起來像是烏鴉的低鳴，撕裂天際，彷彿破風而去的奇妙餘音繚繞不斷。

當餘音消失時，周遭開始彌漫沉重的異樣寂靜。

夕陽色眼睛閃爍著銳利光芒，仔細地觀察四周。跟剛才完全不一樣的嚴肅表情，讓昌浩也開始警戒起來。

敏次也比他們兩人晚一步感覺到了什麼，他沒有靈視力，但直覺很敏銳。

「有東西靠近。」

敏次的低語像揭開了序幕，藏在地底下的黑色妖獸群同時蹦出了地面。

「什麼……！」

目瞪口呆的敏次反射性地向後退，轉眼間，妖獸的牙齒就撲向了敏次剛才站的地方。

心臟直打哆嗦，全身動彈不得的敏次拚命掙扎著。

「哼……我絕不能認輸……」

好歹是個陰陽生，怎麼可以輸給異形或妖魔？

「狼……？可是……」

跟昌浩所知道的狼相比，這些狼無論大小、毛色都不一樣。而且，不但沒有野獸特有的臭味，還纏繞著虛空的靈氣，連生物的氣息都沒有。

感覺是空洞的，只有軀殼。

昌浩直盯著妖獸的紅眼睛，敏次以左手結印，回頭對昌浩說：

「昌浩，你會用縛魔術或退魔法嗎？」

昌浩還來不及回答，肩上的小怪就齜牙咧嘴地說：

「你在問誰啊?!」

昌浩壓住小怪的頭，點點頭說：

「會！」

妖獸的咆哮聲響徹天際。被壓住不能動的小怪，把視線轉向在一旁隱形的六合。

《六合，趕走它們！》

《可是……》

欲言又止的六合維持隱形，倒抽了一口氣。

正要開口的小怪也張大了眼睛，屏氣凝神，以神力探索周遭。

它的直覺告訴它，不只這裡出現了狼，京城所有地方都出現了同樣的妖獸。

進入備戰狀態的它翩然跳落地面，在昌浩身旁嚴陣以待。

「……」

小怪邊思考著該怎麼做，邊看了同袍一眼。在只有小怪看得見的範圍內現身的六合，困擾地看著陰陽生的背部。

他們曾在現身時被敏次撞見過，這時候不宜再現身。

敏次似乎想跟昌浩合作，收服這群妖狼。他應該對昌浩不抱什麼期待，只是在這種狀況下，能多一分戰力都好。

《很不甘心這麼做，但也只好配合敏次和昌浩的法術來攻擊妖獸了。》

《是啊！》

保持隱形與妖魔對峙，神力多少會受到限制，所以他們儘可能避免這樣的狀況，但是現在管不了那麼多了。

妖狼群發出威嚇的嗥叫聲，慢慢逼近。

「昌浩，儘可能集中一處攻擊。」

「是。」

區區兩個人類能做什麼？妖狼群這麼嘲笑似的放慢了腳步，大概是想把他們活活地玩弄到死。

敏次邊安撫狂跳的心，邊拚命調整呼吸。呼吸是一切的基礎，呼吸亂了，靈力就會跟著亂。

在敏次旁邊稍微退後幾步伺機而動的昌浩，眼角餘光捕捉到小怪與六合的身影，瞇起了眼睛。

他不希望神將被其他人看到，該怎麼辦呢？

「昌浩，交給我們吧！」
「可是……」
昌浩怕被敏次聽見，壓低了聲音。六合平靜地對他說：
《我們是你的護衛，要是不能達成任務，晴明不知道會怎麼說呢！》
「沒錯。」
小怪由衷表示同意，正準備站到前方時……
「快滾！」
龍捲風漩渦衝入了狼群正中央。
狂風捲起沙塵，遮蔽了敏次與昌浩的視線。
乘著風的修長身影在那裡降落了。
還沒有完全西下的太陽，把高舉的大刀刀刃照耀得閃閃發亮。
十二神將的火將朱雀右手輕盈地揮著大刀，放聲大叫：
「這裡交給我們！」
小怪與六合是從神氣認出同袍，而昌浩是從聲音知道誰來了。
太陰飄浮在昌浩頭頂上。
「是晴明叫我們來的，你們默默看著就好。」

雙手合十高舉，以狂風攻擊妖狼群的太陰又接著說：

「而且不只我們，為了殲滅全京城的妖狼，所有人都出動了。」

「所有人？不會連勾都去了吧？」

小怪的嚴厲語氣把太陰嚇得倒退了幾步。

「呃……勾陣被晴明攔住了，天一正陪著她。」

這麼回答後，太陰猛一抬頭就飛上了天。昌浩跟著往天空望去，看到太陰和白虎飄浮在太陽將落而未落的天際。

白虎正對太陰說著什麼，太陰點點頭後，白虎就乘著風從天空離開了。太陰的棕色頭髮被吹得凌亂飄揚，昌浩還聽見她的衣服啪答啪答翻動的聲音。

颳起的狂風就像沙塵暴，敏次怎麼專注凝視也看不清楚。

妖獸的慘叫聲被捲入風中，響徹天際。

「狼群怎麼了？」

敏次把手搭在額頭上，試著看清楚狀況。昌浩在他身旁擺出相同的姿態，同時追逐著朱雀的神氣。但是，太陰操縱的風完美隱藏了神將的神氣。若不是一開始聽到了聲音，昌浩恐怕也搞不清楚發生了什麼事。

不久，風緩和下來，沙塵逐漸退去。

那麼多的狼全消失了，一隻也不剩。

看著這情景，敏次茫然地說：

「這到底是……」

小怪的陰陽講座

⑤陰陽助、權助、大允都是陰陽寮官職。

⑥得業生比陰陽生高一級，相當於陰陽師的候補。

6

妖獸莫名其妙地被殲滅了。

在突然颳起的狂風中究竟發生了什麼事？

昌浩輕拍沾滿沙子的直衣，回答敏次的疑問。

「呃……這個嘛，敏次，是我祖父的式神殲滅了妖魔。」

「什麼?!」把眼睛張大到不能再大的敏次，逼近昌浩說：「真的嗎？昌浩，你怎麼知道？」

直立在昌浩身旁的小怪得意地挺起胸膛說：

「當然知道啦！因為他是晴明的接班人。」

六合露出「這不是重點吧」的眼神盯著同袍，然後輕聲嘆息，環視周遭。

搭乘太陰的風而來的朱雀已經不見身影，跑去殲滅還在叫囂的妖狼了。

既然整個京城都是那樣的狼群，人手鐵定不夠。

《騰蛇，我……》

「啊！我知道。」

兩人的對話只到這裡，六合就消失不見了。

小怪移開視線，看到敏次激動得全身顫抖，驚訝得說不出話來。

敏次滿懷感激地再三確認：

「真的嗎？剛才真的是晴明派式神來救我們脫離險境嗎？」

看到敏次逼近到幾乎要撲向自己，昌浩退縮地點點頭。

「嗯，是真的，式神剛剛這麼說，然後又趕場去其他地方了。」

說趕場有點奇怪，可是沒辦法，事實就是這樣。

「真的嗎？」這麼再三確認後終於相信的敏次，緊握著寮長交給他的信，仰頭望著天說：

「晴明大人……您真不愧是當代最厲害的大陰陽師，身在遠處也能知道我們陷入了險境……」

感動到說不出話來的敏次，眼中有東西閃著亮光。

雖然激動到全身顫抖，他還是記得要仰起頭，以免在後輩面前失態。仰起頭不為什麼，只是為了不想讓熱淚流下來。

昌浩與小怪互望一眼。原來晴明可以透過千里眼察知種種事，然後放出紙式或差遣式神，是這麼值得感動的事啊！

昌浩司空見慣了，實在沒什麼感動。雖然會覺得爺爺真的很厲害，但是還不至於興奮到大叫太棒了！

小怪也是。不，它應該更沒有感覺。當了將近五十年的式神，這種事早已成了家常便飯，一點都不值得讚歎。

看到敏次那麼感動，昌浩反而很欽佩他。把必須終身感謝的事當成理所當然的事而毫不在意，總有一天會後悔的。

昌浩覺得從敏次那裡學到了很多看起來不起眼，其實卻很重要的事。

是否把這些事一一謹記在心，勢必會成為緊要關頭時的成敗關鍵。

看到昌浩滿臉嚴肅的樣子，小怪跳到了他的肩上。

夕陽色的眼睛顯得很擔心，昌浩露出「沒什麼」的表情，對它搖搖頭，眼神變得柔和許多。

小怪以眼神詢問：「真的嗎？」

昌浩低聲回答：「真的。」

「那就好。」

看到敏次還沉浸在無限感激中，小怪皺起了眉頭，心想：是不是可以從他背後，一腳把他踢飛出去呢？

「哼！可惡，要不是有這傢伙在場，那種妖狼不管十隻、二十隻、三十隻，早就被我殺光啦……」

對敏次的厭惡，已經到了不管怎麼樣都看他不順眼的地步了。

「小怪……」

昌浩正不知道該怎麼回應時，敏次突然緊張地大叫起來。

「啊！」

「咦?!」

昌浩摸不著頭緒，張大了眼睛。敏次大驚失色地轉向他說：

「昌浩，大事不好了！」

「是！」

敏次看著被他不小心抓得太用力而摺彎的信，茫然地說：

「我們在毫無準備的狀態下與異形交手了……」

「交手？」

小怪適時插嘴質疑。是與異形對峙了，但是正要交戰時，太陰和朱雀就來了，所以敏次和昌浩根本什麼也沒做。

敏次不知道夕陽色眼睛正半瞇著看著自己，他慌張地按著額頭說：

「我們接觸到異形的妖氣，身體已經被玷污了。而且，數量還那麼龐大，必須花很長的時間齋戒沐浴、潔淨身心才行。」

昌浩隔了一段時間才反應過來。

「啊——」

也就是說，從現在起，昌浩和敏次都被迫必須長期請凶日假。

「哦，這樣啊……」小怪理解後，嗯嗯地猛點頭，但是想想又說：「不過，一般人才需要這麼做吧！」

敏次是陰陽生，昌浩認為不該把他視為一般人，可是眼前有比反駁小怪更重要的事，所以他決定不去想這件事。

「敏次，那麼……」

「是的，非這麼做不可。」敏次把手上的信交給昌浩，緊接著說：「快點回家吧！通知陰陽寮後，馬上進行齋戒沐浴、潔淨身心。我也不知道要請多長的凶日假，要占卜過後才知道……」

與曆表、星座位置也有關係，所以不能當場做判斷。

「能不能請你把這封信交給晴明大人，並轉告他，寮長、陰陽助、權助、大允和左大臣大人、行成大人都很關心他？」

「是，我知道了。」
昌浩點點頭，微微一笑說：
「敏次，我也會轉告你的關心。」
「這……」
敏次大感驚訝，愣愣地看著昌浩，過了一會後才難為情地東張西望，刻意乾咳幾聲說：
「啊！我的事說不說都沒關係……總、總之，就拜託你轉交信和傳話了。」
「我知道了。」
昌浩嚴肅地點點頭，雙手恭恭敬敬地拿著有點扭曲的信，敏次這才像卸下重任般鬆了一口氣。
「那麼，我先告辭了。」
敏次轉身向前走，突然又停下來，回頭對昌浩說：
「說不定還會碰到那樣的妖魔，我好像還聽得見它們的咆哮聲，所以你回家的路上要小心。」
昌浩顯得很開心，看著敏次說：
「是，我會小心。敏次，你也要小心。」
「嗯，再見。」

再度轉身背向他們的敏次沒再回頭，就那樣快步離去了。

昌浩對著他的背部結印，低聲唸起除災的神咒。

「……急急如律令。」

最後「喝」地吶喊，喘了一口氣。

「好，回家吧！」

昌浩神清氣爽地邁出了腳步。

看著手裡的信，昌浩的嘴角不由得笑開來。

「他真是個好人呢！」

「哼！」小怪凝視著遠方，向悠哉的昌浩表示抗議。

「真想跟他一樣，變成懂得關心別人的人。」

「哼！」

看到小怪不只把臉撇開，連身體都背向自己的樣子，昌浩苦笑著，拍拍它的白色背部說：

「小怪，你知不知道你這樣很幼稚？」

「少囉唆！」

昌浩深深懷疑，那個紅蓮跟這個小怪是同一個人嗎？是不是哪裡搞錯了？

正當他這麼想時，小怪用嚴厲的聲音對他說：

「不要說那麼多了，快回家吧！回去問晴明到底發生了什麼事。」

昌浩嚴肅起來。

「沒錯……以妖魔來說，那些狼很邪門。」

「嗯。」

小怪眼神犀利地點著頭，此時隱約傳來激烈的鳥叫聲。

充滿敵意的呱呱叫聲劃破天際，兩人反射性地抬起頭，看到兩隻烏鴉飛來飛去扭打著。

兩隻烏鴉在空中扭成一團，粗大的嘴巴與銳利、細長的爪子撲向彼此的翅膀與身體，爪子一揮，漆黑的羽毛就紛紛飄落，兩隻烏鴉之間彌漫著煙霧般的飛沫。

「怎麼回事？」

「大概是爭地盤吧？不對……」

小怪停頓下來，露出嚴厲的表情。

烏鴉。最近是不是常常看到烏鴉呢？

昌浩也注意到了。

妖狼出現前，先響起了烏鴉叫聲。回音又沉又長，久久繚繞不去。

兩隻烏鴉同時看著地面上的昌浩，漆黑的眼眸貫穿了昌浩的心。

背脊一陣寒顫。心跳像被踹了一腳般急遽加速，直覺告訴他，烏鴉是危險的。

「小怪，你看……」

昌浩反射性地結起手印，他的聲音被烏鴉的叫聲掩蓋了。淒厲的烏鴉叫聲不斷響起，激烈衝撞的鳥嘴刺進彼此的喉嚨。

「唔！」

兩隻烏鴉失去力量，掉落在屏住氣息的昌浩與小怪面前。

因撞擊而倒地不起的兩隻烏鴉靜止了好一會。

昌浩和小怪緊張地注視著這一切，看到其中一隻搖搖晃晃地站起來，以翅膀支撐身體，瞪著另一隻烏鴉。

「——！」

帶著強烈的憤怒、彷彿詛咒般的叫聲貫入耳中。從烏鴉全身迸出靈力，另一隻烏鴉完全無力抵抗，被彈飛出去，連滾了好幾圈，沾滿沙塵的漆黑翅膀幾乎看不出原貌了。

第一隻烏鴉張嘴嘲笑動彈不得的對手，接著筋疲力竭地全身癱軟，跌倒在地。啪一聲倒地的漆黑身體開始抽搐，掙扎了一會後，終於靜止不動了。

沾滿沙塵變成灰色的另一隻烏鴉緩緩爬了起來。大概是喉嚨傷得不深，發出嘶啞的叫聲，東倒西歪地走起路來，但是，很快就無力地啪答倒地了。

昌浩交互看著兩隻烏鴉。

異形狼群是在烏鴉叫聲響起後出現的。

妖狼群被擊退後，兩隻烏鴉就在他眼前拚死纏鬥，一隻被打死了。

這是偶然嗎？

「那隻烏鴉怎麼辦？」

昌浩不知如何是好，小怪仔細想想說：

「如果還活著，最好不要見死不救吧？」

小怪瞥一眼死烏鴉，眼中帶著疑慮。

這兩隻烏鴉到底是什麼？一般烏怪可能擁有那樣的力量嗎？

可以當成是兩隻烏怪在搶地盤、互不相讓，但也很難不讓人猜疑其中一隻可能跟妖狼群的出現有關。

如果真是這樣，是哪一隻呢？

昌浩從眼角餘光掃到夕陽色的眼睛正閃爍著冷峻的光芒，他抿著嘴說：

「帶這隻回家吧！」

小怪抖抖耳朵，昌浩緩緩向前走去。

看到人類接近，受傷的烏鴉並沒有逃走的意思，也可能只是不能動了。

昌浩小心翼翼地伸出手，抓住漆黑的烏鴉。除了嘴巴發出咕嚕咕嚕聲外，烏鴉並沒有做出警戒的抵抗。

「很乖呢！」小怪驚訝地說。

「是啊！」

昌浩回答小怪後，摸摸烏鴉的喉嚨，發現那裡雖然滲著血，但傷口並不嚴重。

小怪把那隻烏鴉交給昌浩處理，自己跑向死掉的烏鴉。

漆黑的眼睛已經變得混濁。小怪用壓抑的鬥氣嚇它，也毫無反應。

似乎真的斷氣了。

小怪看看四周。把死烏鴉扔在這裡不管，會被什麼都不知道的人碰見。市井小民也就罷了，如果被哪個貴族碰到，又會演變成觸穢之類的麻煩事。

正好附近有河，小怪就咬著烏鴉的脖子，把烏鴉扔到了水裡。

看到烏鴉的屍體在飛沫中沉入水底，小怪才不悅地吐掉嘴裡的羽毛。

它還望著河好一會，因為它有個荒謬的想法，覺得烏鴉說不定又會復活，從水裡飛出來。

但是，似乎是它想太多了，完全沒有那種徵兆。

「應該不會吧……」

小怪聳聳肩，轉身離開。

等小怪回來，昌浩就抱著烏鴉匆匆趕回家了。

被緊緊抱在懷裡的烏鴉，只轉動脖子，注視著逐漸遠去的河。

漆黑的眼睛悄悄瞇成細縫，閃過一道殘酷而兇暴的光芒，昌浩和小怪都沒發現。

直盯著河的烏鴉順勢瞥過昌浩，再瞥過小怪。

烏鴉瞇著眼，發出低鳴聲，接著閉上了眼睛。

昌浩和小怪回到家時，酉時已經過了一半。

因為不太有時間流逝的感覺，所以當昌浩察覺時，瞬間臉色大變。

太陽已經快下山了。這個季節，要到戌時才會完全天黑。今天他一直惦記著要提早回家，但是，他每天就是在這個時間回到家的，所以結果跟平常沒什麼兩樣。

他慌忙趕到晴明房間，沒想到都這麼晚了，勾陣還在等他。

「勾陣，對不起！」

昌浩正襟危坐，雙手伏地，全心全意地道歉。勾陣微微瞪大眼睛，苦笑著說：

「事情沒嚴重到要這樣跪拜陪罪吧？」

「不，這麼晚回來還是不應該……」

「不用介意，你是為了工作啊！如果你為我耽誤工作，問題就大了。」

勾陣說得很對，昌浩也知道這個道理，但是晚回來與工作是兩回事，他還是無法抹去心裡的罪惡感。

「唔唔唔……」

無法跟自己妥協的昌浩抱頭苦思，晴明嘆口氣，幫他解脫。

「請假的事怎麼樣了？勾陣等你就是為了要知道日期，快說吧！」

天一和玄武都點頭表示支持，他們要陪勾陣一起去，所以一直在這裡等著。

其他神將好像都還沒回來。要負責送勾陣去的白虎應該會在必要的時候趕回來。

昌浩「啊！」一聲，抬起頭來，複雜的心情寫在臉上。

晴明和神將訝異地看著他，等著他開口說話。昌浩有口難言似的張開嘴，吞吞吐吐地說：

「呃，那個……」

「怎麼了？對了，昌浩，那封有點扭曲又有點髒的信，還有緊緊抓著你衣服不放的烏鴉，是怎麼回事？」

羽毛凌亂的烏鴉始終緊緊依偎在昌浩懷裡，一動也不動，看起來就像某種圖騰。

「咦？啊！這封信是陰陽寮長給爺爺的信，聽說內容與下個月就要舉辦的乞巧奠有關。」

玄武正好在附近，便接過信交給晴明。晴明打開信後，大略看過了內容，嗯嗯地點著頭。信裡沒提到什麼大事，只是一些報告與平常的問候。

「那麼，那隻烏鴉呢？」

昌浩煩惱地看著用爪子勾住自己肚子一帶的烏鴉。

「老實說，我也不太清楚。」

烏鴉突然抬頭看著昌浩，眼皮抖動了一下。爪子緊抓著衣服，如果硬要剝開，很可能會扯破衣服。除此之外，沒有其他問題，回家的路上也都平安無事。

昌浩和小怪都感覺得到，京城到處都還有那樣的妖狼群出沒。

晴明和神將當然也知道，不過，已經證實只要神將們出手，就可以輕而易舉消滅它們，所以不必太擔憂。

昌浩跟烏鴉互瞪了一會，猛然回過神，站起來說：

「我去換衣服，所有事情就請小怪告訴你們。」

「什麼？喂！昌浩，這是怎麼回事……等一下！」

昌浩不管晴明的叫喚，也顧不得烏鴉還掛在衣服上，就啪答啪答跑回了自己房間。

看著他離去後，所有人都把目光轉向坐著的小怪。

小怪搔著脖子，瞇起眼睛說：

「吉平說，以陰陽寮的預定行程來看，怎麼樣都不可能馬上請假。」

「我想也是，這個季節要請長假，根本是妄想。」

小怪先點點頭表示贊同晴明的說法，接著又聳聳肩說：

「不料，卻莫名其妙放了臨時凶日假，所以可以跟勾一起去了。」

「什麼？」

晴明與勾陣異口同聲反問。天一和玄武雖然沒有叫出聲來，但也滿臉意外地張大了眼睛。

這時候，把頭髮放下來綁在頸後的昌浩，已經換好行動的狩衣回來了。

剛才攀在昌浩肚子上的烏鴉，現在停在他的肩膀上。爪子還是一樣勾住了衣服，所以硬要剝開就會扯破衣服。

當時礙於情勢，只好帶回來，但又不能把這隻來歷不明的烏鴉丟在家裡。

經過仔細檢驗，在烏鴉身上並沒有發現任何靈力，即使是妖魔鬼怪之類的，力量也不是很強，應該可以說是無害。

但是，總覺得哪裡有問題。

當昌浩急著換衣服時，那隻烏鴉還緊抓著他脫掉的直衣，眼神銳利地東張西望。就在昌浩要離開房間時，烏鴉立刻放開直衣，伸出爪子攀住他穿著狩衣的肩膀，似乎不打算離開昌浩。

既然這樣，就在出雲的山中放了烏鴉吧！昌浩這麼想，決定帶著烏鴉走。

「昌浩，什麼臨時凶日假？發生了什麼事？」

晴明滿臉疑惑地問。緊接著，勾陣突然想起來似的插嘴說：

「對了，昌浩，彰子突然發燒了，正在休息。」

「咦？」

正要回答晴明的昌浩，立刻把這件事遠遠拋到了腦後。

他帶著停在肩上的烏鴉以最快速度衝了出去。

「……」

旁觀的小怪走到沉默的晴明身旁，拍拍他的膝蓋說：

「我接著說吧！」

「嗯。」

「現在京城不是有一堆妖狼嗎？我們遇到那群妖狼時，陰陽生也在場。這個陰陽生沒什麼了不起的才能，就是會說大話，是個自以為是的傢伙，也是個只知道認真、努力與堅持的頑固傢伙，讓人很想狠狠教訓他說『你跩什麼跩』！」

晴明從小怪尖酸刻薄的語氣推斷出是誰，他把手貼在額頭上說：

「啊，就是那個藤原敏次？他可是前途無量的陰陽生呢！他怎麼樣了？」

「前途無量？喂！晴明，必須是三歲時因為能力太強被封了靈視力，或者五歲時被丟在貴船也能熬過一晚，或是從有記憶以來就徹底學會種種法術、被視為你唯一接班人的人，才叫前途無量！那種能耐就叫前途無量，太可笑了！」

能討厭到這種地步，還真教人佩服。

晴明看了勾陣一眼，勾陣回他一個無奈的苦笑。

「好，先不管前途無量的定義是什麼，後來呢？」

「朱雀和太陰把妖狼統統殲滅，平安無事後，那個陰陽生就說，撞見妖魔會玷污身體，非請凶日假齋戒沐浴不可，而且妖魔數量龐大，要多請幾天才夠，交代昌浩向陰陽寮通報後就關在家裡不要出門。」

於是，昌浩想到了好主意。

只要拜託父親向陰陽寮通報，就成了如假包換的凶日假，而且鐵定可以請很多天，還有證人。

也就是說，他可以跟勾陣一起去道反聖域了。

「這件事幫了大忙，不管怎麼樣，不是瞎掰胡扯的凶日假，他本人也欣然接受了。」

基本上，昌浩是個正直的人，瞎掰的凶日假會使他的良心受到強烈譴責。必須有正當的必要性，他才能想得開，然而，這次完全是為了私事。

「不過，現在才因撞見妖魔請凶日假，好像有點太遲了。」

想到過去種種，小怪不禁深深嘆息。如果每次都請凶日假齋戒沐浴，昌浩恐怕一年裡有半年以上都要關在家裡不能出門。

「別這麼說嘛！紅蓮，這是很好的機緣呢！」

「也對啦！」小怪欣然同意，回頭問勾陣：「妳說彰子發燒了？」

勾陣看看天一，天一把手放在胸口，擔心地說：

「原本應該由我幫她承受……」

但是，她很快就要出發前往道反聖域，所以現在不能使用移身術。

「在這重要時刻幫不上忙……」

她自責地垂下了眼睛，這時，幾道神氣降落在庭院裡。

現身的朱雀看到天一愁眉苦臉的樣子，立刻衝進房間，在她面前單腳跪下來，撫摸她蒼白的臉龐。

「怎麼了？天貴，妳的眼神為什麼這麼悲傷？」

「朱雀……」

淺色的眼眸搖蕩著。朱雀偏過頭看著小怪，淡金色的眼睛帶著憤怒。

「喂！騰蛇，你對我的天貴說了什麼？」

「我?!」

小怪不由得張大了眼睛，朱雀肯定地點著頭。

「晴明、玄武和勾陣都不可能把天貴惹哭，所以就只剩下你了。」

找這種碴未免太過分了，而且歸納出這個結論的理由，竟然是毫無根據的消去法。

莫名其妙受到不合理待遇的小怪，滿肚子怒氣無處可發，擺出了一張臭臉。

「唉！算了，就當是這樣吧，可惡！」

朱雀瞇起眼睛，對忿忿不平的小怪說：

「怎麼，難道不是嗎？既然不是就早說嘛！騰蛇，害我白白懷疑你了，對不起。」

面對乾脆地收回剛才的話、向自己道歉的朱雀，小怪無力地揮動前腳說：

「不用介意，我已經忘了。」

「是嗎？」朱雀轉向天一，握起她的手說：「妳要去道反聖域了吧？」

「嗯，朱雀，昌浩也要一起去呢！」

朱雀訝異地張大了眼睛，玄武又補充說：

「因為某些機緣，他正好可以請凶日假。現在他去看彰子了。」
光聽這樣就了解狀況的朱雀轉向晴明說：
「青龍他們也說……怎麼殺都殺不完。對方沒什麼力量，並不會造成大害，但是，要完全消滅必須找到源頭。」
「這樣啊……」
現在青龍他們還在大戰妖狼群，朱雀送天一等人出門後，也會再回戰場。
勾陣正看著沉思中的晴明，突然，她轉移了視線。
有神氣降臨，現身的是六合。
小怪把分道揚鑣後發生的事做了簡短說明，六合也對這個意想不到的發展感到驚訝，黃褐色的眼睛難得流露出情感。小怪指指彰子的房間，她的房間就在隔壁。
「等昌浩回來，就要出發去道反聖域了……不對，等一下，晴明，昌浩不用去剿滅妖狼嗎？」
臉色陰鬱的晴明摸著下巴的鬍鬚說：
「這個嘛……所幸目前沒有人受害，有朱雀他們在應該就可以了。」
「那就好……不過，很久沒去聖域了呢！」
種種感情交雜的眼眸，微微搖蕩著。

三個月前去聖域時，紅蓮的靈魂被黃泉瘴氣吞噬，成了屍鬼的傀儡。那時的事他都不記得了，只記得五十多年前的那個地方；還有，與自己沾滿鮮血的手和銀白色大地，一起被烙印在記憶最深處的情景。

六合的心底深處，也埋藏著不能說的情感。

玄武、勾陣、晴明以及在場的所有人都一樣。

道反聖域是他們心中的痛。

只是每個人的疼痛度、嚴重性不同。

7

昌浩在彰子床邊蹲下來，擔心地皺起眉頭。

「妳還好吧？彰子。」

臉色有些蒼白的彰子，若無其事地點點頭。

「嗯，我真的沒怎麼樣……大家都太會操心了。」

昌浩拉下了臉。

「怎麼可以這麼說呢？彰子，八成是妳太逞強，總是怕大家擔心，身體再不舒服也強撐著下床吧？」

被昌浩說中了，彰子懊惱地眨了眨眼睛。

果然是這樣，昌浩嘆口氣，豎起手指說：

「我要去一下道反聖域，妳不舒服時一定要躺下來休息，不要逞強。要幫我母親做事，等完全康復後再幫也不遲吧？而且，妳不舒服時硬說沒事，周遭的人就不好再說什麼了。」

無心的一句話，讓彰子張大眼睛，表情扭曲起來。

「……」

很難把思緒轉換成語言，她什麼也說不出來。

吉昌、露樹都很關心彰子。為了不讓他們太擔心，她總是裝出沒事的樣子，但是，這樣卻造成了反效果。

昌浩抿嘴一笑，安慰意志消沉的彰子說：

「我也是這樣啊……不過，站在相反立場，就能了解那是什麼心情了。」

為了不讓她擔心，昌浩常常什麼都不說。彰子都知道，所以也不說穿他。這是為彼此設想，但也有不該這麼做的時候。

有時，就是因為擔心，才非說不可。但是，這只是理想，常常想應該這麼做，卻都只是想想就結束了。

「可是，我真的沒什麼事，真的，只是有點發燒，睡一下就好了……」

「我看看。」

昌浩以膝蓋滑行到彰子的頭旁邊，撩起劉海，把自己的額頭靠在彰子的額頭上。兩人的眼睛錯開了，所以看不見彼此的臉。彰子的黑髮就在眼前，昌浩不由得感歎：好黑、好美的頭髮啊！

「嗯，還有點熱，妳要乖乖躺著，讓體溫降到正常的溫度。」

昌浩移開額頭，看著彰子，她眨眨眼說「嗯」，笑了起來。

「一路小心哦！我等你回來。」

她的道別總是這麼溫馨。因為她這麼說，所以昌浩告訴自己一定要回來。

「嗯，我去去就回來。」

螢火蟲的季節就要結束了。

有些眷戀的貴船祭神，從高於山頂的虛空悠然俯瞰最後的螢火蟲時，發現神將的風從京城的一角飛了出去。

祂從原形化為人形，降落在禁域的岩石神座上。從那裡可以把人類居住的京城盡收眼底。

那是皇宮的東北方。

「安倍晴明的府邸？」

神將的風裡夾雜著幾道神氣和人類的氣息，風的軌跡直直往西方延伸。

「……」

高龗神追逐著軌跡，眼神忽然變得嚴厲，深藍色的眼睛炯炯發亮。

風中隱藏著不同於神氣、靈氣的其他東西。

祂轉向京城，表情中帶著憂慮，從秀氣的嘴唇發出喃喃低語：

「這是……魑魅的氣息？」

剛才祂就發現有氣息彌漫整個京城，但因為對祂本身無害，所以沒有多加注意。

可是，若關係到魑魅就不一樣了。

高龗神盯著西方天空。

神將的軌跡拉出了長長的尾巴，纏繞著他們的風漩消失在虛空的盡頭。

神並非全能。似乎在貴船祭神高龗神不知道的某處，發生了什麼事。

貴船祭神望著京城，雙臂輕輕在胸前合抱，波動扭擺的長髮，在充滿靈氣的清冷風中飄揚。

京城裡到處都可以看到十二神將揮舞著神通力，應該是遵照晴明的命令行事。那麼，那個不可小覷的老人，是不是知道發生了什麼事呢？

「比人類後知後覺，有損我天津神的面子。」

高龗神淡淡笑著，輕聲低語，深藍色的雙眸泛起厲色。

祂是龍神。龍會呼風喚雨，操縱天雷。降雨的雲，是靠風召喚。

全世界的風是相互聯繫的。祂也是使喚風的高手，但是，力量的性質又與十二神將中的風將不一樣。

祂沒辦法隨意起風，只能對風中微含的水氣施法。從天空降落地面的雨水變成河川，流入海裡，不久就蒸發成雲。水不停地循環，無所不在，只是看不見而已。

高龗神闔上眼睛，集中全副精神。

充滿世界的水震盪著。

祂不是萬能，但是直覺從來沒有失誤過。

緩緩地、緩緩地環繞著世界的水流，就快扭曲變形了。

現在只是有些歪斜，造成水流的不順暢，還不到停滯的地步。但是，只要河堤有破洞就可能馬上潰決。或是，有那麼一天，停滯的水流會逆流，沖走所有的東西。

水就是這樣的東西。

必須把某人企圖扭曲的水流恢復原狀。

察覺到這一切，祂的心頓時冰冷地凍結起來。

濃郁的黑暗在祂眼底擴散。

「這是……?!」

祂看見河川，燃燒的紅色河川。

無數的紅色螢火蟲交錯飛舞，地鳴般的聲響在遠方沉重地繚繞著。

高龗神張開眼睛，難得神色緊張地咂了咂舌。

祂不耐煩地撥開頭髮，瞪著夜晚的京城，毫不掩飾祂的心浮氣躁。
往西方一瞥，祂沉重地喃喃自語：
「真糟糕……道反聖域好像出事了。」
而且，已經到了無法阻止的地步。

沒有風，小巷子旁的柳樹卻強烈搖晃著。
蹦蹦蹦地連跑帶跳衝過來的小妖們，利用衝力跳上了柳枝。
「第一名！」
「第二名！」
「第三名！」
小妖一個接一個跳上柳枝，大聲地喧譁嬉鬧著。
看到獨角鬼懸掛在柳樹前端，像鐘擺一樣搖來晃去，所有小妖都拍手叫好。
「啊，這個好玩！」
「我也要玩、我也要玩！」
猿鬼接著舉起手抓住柳枝前端，用力地蹦蹦彈跳，上下搖晃。
「如果身體可以自由伸縮就更好玩了。」

利用離心力骨碌骨碌旋轉起來的獨角鬼玩得很開心。

其他小妖也各自快樂地嬉戲著。

龍鬼的前腳要抓到柳枝有點困難，只能羨慕地看著同伴們玩耍。

「好像很好玩呢！喂喂，開心嗎？」

「嗯。」

「耶！」

「哇哈！」

蹦蹦跳回柳枝上的獨角鬼，對看著自己前腳的龍鬼說：

「改天請蜘蛛老爹幫你吐一些堅固的絲，吊在樹枝上吧！」

「啊，這個好！」上下躍動的猿鬼利用離心力高高飛起，降落在龍鬼旁邊說：「這樣你就可以玩了。」

龍鬼沉下了臉。

就算把絲吊在樹枝上，自己的前腳也抓不住。

「不管我再怎麼努力，還是會唏哩唏哩滑下來。」

猿鬼發出嘖嘖聲響，搖搖手指說：

「我們會把絲線的兩端綁在樹枝上做成圈圈。」

「你只要這樣把前腳掛在絲線上就行啦！」

了解猿鬼和獨角鬼比手畫腳的說明後，龍鬼的眼睛亮了起來。

「這樣啊！太好了。」

「不錯吧？不錯吧？」

「蜘蛛老爹一定很樂意為你做這件事。」

三隻小妖哈哈大笑起來，其他小妖紛紛湊過來，舉手說我也要我也要。

「做成人類的那種繩梯應該也不錯。」

「從附近找來籠子或藤條，坐在上面搖應該也很好玩。」

一有人想出什麼主意，就有人再把那個主意擴大延伸。

「事不宜遲，現在就去拜託蜘蛛老爹。」

「蜘蛛老爹在哪？」

大家彼此互看，尋找知道蜘蛛老爹下落的人。身為蜘蛛精怪的蜘蛛老爹，大多待在某戶人家的屋頂或屋簷吐絲結網。

「老爹腳長，所以……」

猿鬼雙手在胸前合抱，嗯地低鳴思考著，獨角鬼瞪大眼睛問它：

「腳長所以怎麼樣？」

「待在太窄的地方會有點擁擠吧？所以我想它應該在八隻腳可以完全伸展的地方結網。」

「啊，對哦！你真聰明。」

龍鬼砰地拍拍手，猿鬼難為情地抓抓頭。

「那麼，是哪裡呢？」

「嗯，人類蓋的寺廟之類的地方吧？」

最後大家決定分頭去找蜘蛛老爹，所有小妖就向四面八方散去了。

猿鬼、龍鬼、獨角鬼跟一哄而散的同伴們有不同的想法，在原地多待了一會，然後彼此互看一眼，嗯一聲，相互點點頭。

要找東西，還是要去問這個領域的專家。既然是專家，應該很快就可以幫它們找到東西。

有了拜訪的藉口，三隻小妖都很興奮。

「可以去見小姐了！」猿鬼雀躍地說。

這時候，響起了啪喳的水聲。

「嗯……？」

獨角鬼和龍鬼聽到聲音，轉頭往後看。

就在它們嬉笑玩樂時，太陽逐漸下山，現在天完全黑了。但是，小妖們是住在夜晚的領域，所以從現在起才是它們的活動時間。

又聽到了啪喳的水聲，好像是什麼扁平的東西拍打著水面。

「怎麼了？」

龍鬼蹦蹦跳向水流，獨角鬼與猿鬼也跟在它後面。

三隻小妖並排在水流旁看著水面時，一隻烏鴉拍打著濕漉漉的翅膀，邊甩乾身上的水，邊飛上了天空。

「呀！」

三隻小妖嚇得跌坐在地上，烏鴉在它們頭上盤旋，發出憤怒的低鳴聲。

當漏氣般的不自然聲音響起，就從地底下爬出了許多黑影，彷彿在呼應那個聲音。

無數的妖獸陸陸續續地出現了。

「啊……啊……」

三隻小妖緊緊擠成一團，正中間的獨角鬼嘎噠嘎噠抖個不停。

夜幕已經低垂卻還看得見的烏鴉，瞥了虛弱無力的小妖們一眼，發出尖銳的叫聲。

「唔……哇啊啊！」

三隻小妖被所有紅色眼睛同時瞪著，連滾帶爬地逃走了。

昌浩他們踏上旅途已經兩個時辰了。
因為是月底，所以月亮還沒升起。
無數的影子在只有星光的黑夜裡蠢蠢欲動。
狼嗥聲在遠處回響。不見人影的京城裡，融入黑暗中的狼群在大街小巷四處徘徊。
那些狼看起來都是各自走來走去。
狼是群聚的動物。通常有隻首領帶領狼群，所有狼都聽命行事。
躲在牆後偷看狼群的猿鬼非常害怕。
「不管走到哪，都是一堆狼……」
「怎麼辦？」
獨角鬼嚇得抱住了頭，它身旁的龍鬼「啊」地大叫了一聲。
「笨蛋，叫這麼大聲，會被發現啊！」
「就是嘛！好不容易躲起來……」
被兩隻小妖接連怒罵的龍鬼沮喪地垂下頭，眼珠朝上悄悄看著同伴們。
「呃……要不要通知晴明，請他想想辦法呢？」
猿鬼和獨角鬼都瞪大了眼睛。

安倍晴明。沒錯，安倍晴明一定有辦法。

但是，晴明正臥病在床。雖然孫子昌浩說已經好多了，但不知道復元到什麼程度了。是不是恢復到能像以前那樣輕易擊退妖魔鬼怪了呢？如果是，就可以放心地從門外叫喚晴明。

無論如何還是決定去安倍家的三隻小妖，悄悄看看四周。附近的狼都走開了，現在很安全。

「好，走吧！」

「哦。」

猿鬼率先衝出去，獨角鬼和龍鬼緊跟在後。從這裡到安倍家不遠，努力跑的話不會花多少時間。

有雙眼睛正從天空俯瞰著全力奔馳的三隻小妖。

黑漆漆的烏鴉輕鬆自如地追著小妖們。不時地東張西望戒備的三隻小妖沒有發現烏鴉沒有生氣的視線。

不久後，可能是追累了，烏鴉高聲鳴叫，寂靜的夜空就響起了此起彼落的狼嗥聲。

黑色妖獸從原本什麼都沒有的土裡爬出來，擋在跑過來的小妖們前面。

「哇！」

小妖們被突然擋住去路的妖狼群嚇得彈跳起來。

低鳴聲從四面八方響起，三隻小妖很快就被無數的妖狼包圍了。

「不要過來！不要過來！」

步步進逼的妖獸群，牙齒閃爍著陰森的光芒。擠成一團發抖的三隻小妖完全被包圍了，無路可逃。

一隻妖狼衝了出來。看到妖獸發出淒厲的吼叫聲衝過來，三隻小妖都嚇得緊緊閉起了眼睛。

完了——

妖獸牙尖爪利，被咬到一定很痛。不，不只是痛而已，說不定會被撕扯成兩半、咬成碎片。也可能被爪子抓得傷痕累累，或被狼群踩得不成形。

早知道會這樣，就應該多玩一點。早知道會這樣死掉，就該多捉弄一下孫子，把他壓扁。好想再多看一下常氣得臉紅脖子粗，卻還是認同他們的存在，總是溫柔地對著它們笑的那雙眼睛。

「……？」

突然響起「嗚」的慘叫聲，身旁掠過什麼東西被擊倒的衝擊力。

沒有被預期中的疼痛侵襲，三隻小妖緩緩抬起了頭。

剎那間，一個影子翩然降落在它們眼前。

龍鬼淚眼汪汪地大叫：

「晴明！」

掀動袖子轉過身來的青年，訝異地張嘴說：

「你們在這裡做什麼？」

小妖們沒有回答，哭著跑到他身旁。

「晴明、晴明！」

「好可怕哦，晴明！」

「我還以為我們完蛋了……」

晴明低頭看著抓住他的褲子不停哭訴的三隻小妖，右手結起劍印。

「嗡破庫肯……！」

就在咒力生效的同時，從背後來襲的妖狼都被彈飛了出去。

嗚嗚慘叫的妖狼消失得無影無蹤。

晴明偏過頭確認後，疑惑地瞇起了眼睛。

完全感覺不到生命的氣息，有的只是虛空的靈氣。

他知道類似這種感覺的東西。

「你們待在這裡不要亂跑。」

圍繞著晴明的空氣突然起了變化。

清澄冰涼的靈氣緩緩蔓延開來，襲向所有被包圍的妖狼。

「——嗡！」

短短的咒文重重響起，妖狼群瞬間消失了。

傳來烏鴉叫聲。

晴明仰頭望著夜空。

不可能有烏鴉可以在這樣的黑暗中自由翱翔。

那是異形。

在空中飛翔的烏鴉用力振翅，漆黑的雙眸視線射穿了晴明。

眼神不帶任何情感。

跟妖狼一樣，有著空虛的靈力。但是，強度相差懸殊。

「那就是根源？」

就在他這麼低喃時，夜空突然吹起狂風，一個修長的青年從風中一躍而出，手上揮舞著大鐮刀。

烏鴉掙扎著試圖閃避，但是翅膀被風攫住，動也動不了。

從喉嚨迸出了垂死的慘叫，尾音拉得很長，但叫聲還沒消失，烏鴉就被神將青龍揮落的大鐮刀砍成了兩半。

往左右彈開的烏鴉屍體，在落地前就煙消雲散了。

晴明目擊這一幕，確定了自己的預感。

青龍和送他來的太陰降落在晴明身旁。

收起彎月大鐮刀的青龍，狠狠瞪著僵在晴明腳下的三隻小妖。

感覺到那股視線的小妖們，又因為跟剛才不同的恐懼而抖了起來。

神將青龍很可怕，總是面目猙獰，對小妖們從不留情。只要惹到他，就會瞬間被殲滅。而且，他是漠然地執行，沒有任何感覺。

「宵藍，不要動不動就嚇它們。」

受到主人的苛責，青龍啐地咂咂舌就隱形了。

「晴明。」太陰跑過來。

青年疑惑地環視四周。

「奇怪了，我還以為你們是在右京南邊呢……」

我們是啊！太陰點著頭說，把臉轉向青龍所在的地方。

「因為正好碰到青龍，他氣呼呼地說那個白癡溜出去了，要把他帶回來，所以……」

《太陰──》

帶著怒氣的低沉聲音刺穿太陰的耳朵，她慌忙接著說：

「我說的都是實話啊……我很清楚什麼話該說，什麼話不該說。」

太陰顯得有點畏縮，與說話的語氣完全相反，因為她不太會應付總是板著臉的青龍。可以輕易想像，青龍雖然隱形卻還是兇狠地瞪視著自己，所以她下意識地往後退了幾步。

背地裡被稱為「白癡」的晴明深深嘆口氣，嚴厲地說：

「宵藍，不要這樣嚇太陰，太幼稚了。」

《什麼！》

青龍似乎被惹火了，現身怒視著晴明。但是，晴明是個大膽的人，向來不把青龍的視線當一回事，所以這次也跟平常一樣，瀟脫地蒙混過去了。

只讓自己周遭降溫到冰點以下的青龍，不高興地瞇起眼睛，眺望著遠方。

突然，北方天空震盪了一下，接著劃過一道白色閃光。

青龍警戒地瞇起眼睛，瞥過主人一眼。

「喂，晴明。」

晴明正在安撫僵硬的三隻小妖，此時轉過身來。青龍雙手在胸前環抱，以視線示意

北方。

晴明望向他所凝視的方向，微微倒抽了一口氣。

雷光閃爍，剎那間照出了飄浮在靈峰上空的巨大身影。

「這是親自召喚呢！真難得……」

8

向來都是晴明主動去見貴船祭神高龗神，祭神從來沒有召喚過晴明。

就算要召喚，也會以神諭的方式傳達，像這樣直接召喚是史無前例。

晴明搭乘太陰的風飛到貴船，與坐在正殿船形岩上的高龗神見面。

從原形龍身變成人類模樣的神，表情緊張，不見平常的瀟灑自若。

看到高龗神雙臂在胸前合抱，沉默不語，一副非比尋常的樣子，晴明覺得事有蹊蹺，等著看祂會怎麼做。即使祂以人形出現，但是神的威嚴並未消失。自己雖然可以操縱龐大的靈力，但終究還是人類，完全不能與神所釋放的壓倒性力量相比。

他還不至於蠢到忘記這一點。

晴明平靜地數著時間，此時聽到莊嚴的聲音。

「關於出現在京城的妖魔……」

晴明看著神的雙眸。深藍色的眼睛清澄如水，還帶著寒冬清水般的冰冷與沖刷一切的強悍神色。

「你怎麼看？」

晴明微微瞇起眼睛。

黑色妖狼群與應該是指揮它們的漆黑烏鴉。

完全沒有生命的氣息，只是虛空靈力纏繞的虛幻存在。

晴明很熟悉類似這種感覺的東西。

「很像……紙式。」

沒有生命的東西，在注入法術後就可以當成活生生的東西驅使，譬如讓普通的紙張變成鳥飛起來，或讓剪成人形的紙張變成活生生的人。

那些烏鴉和妖狼群，跟陰陽師操縱的紙式是同等級的東西。

「這樣啊！不愧是當代最厲害的大陰陽師。」

「在這種情況下被稱讚，並不值得高興。」

高淤揚起嘴角說：

「別這麼說，這是神的言靈，你應該欣然接受。」

晴明嘆口氣說：

「那麼，恭敬不如從命。」

想也知道反駁只會被攻擊得更慘，所以晴明乖乖順從。這位神明是不能跟祂講道理的。

不經意間，他看到下弦月從東方天際逐漸升起。

就快到丑時了，這是妖魔鬼怪最活躍的時段。

那些妖狼會不會再大鬧京城呢？如果會，這是最好的時刻。

神將朱雀、青龍和天后輪流守護著京城，他已經下令，遇到妖狼以外的妖魔鬼怪也一併降伏。

不過，京城裡應該沒有妖怪會傻到跟安倍晴明率領的十二神將作對。住在京城裡的妖怪，都很清楚他們的強大與可怕。

在晴明身後不遠處待命的太陰，渾身不自在地看著主人的背部。越過主人的肩膀，她看到了貴船祭神高龗神。坐在船形岩上的祭神是超然絕俗，難以侵犯的存在。

感覺上，跟十二神將的長老天空有相似之處。這是太陰個人的印象，看在其他人眼裡可能不一樣。

「你說它們就像紙式，不過……」

高龗神這麼說著，突然伸出手來，從指尖浮出朦朧的光圈。

光圈裡映出晴明剛才殲滅的妖狼群。

「是那些妖狼……！」

神對晴明點點頭，嚴肅地說：

「這是被稱為sudama的使者。」

「Sudama……?」

高龗神翻動手掌消去光圈，用手指在半空中寫下兩個字。

「對，就是魑魅（sudama），也唸成chimi。」

晴明有點困惑，可能是自己孤陋寡聞，沒聽過sudama的唸法，但是從字面意思來看，的確符合那些異形。

貴船祭神似乎看穿了他的心思，抿嘴一笑說：

「我可不知道那個使者是誰喲！不然你一定會問我到底是誰。」

「……」

晴明不知道該怎麼回答，只能曖昧地點點頭。

高龗神凝視著西方天空。晴明跟著往那裡望去，無意識地搜尋起應該已消失的風之軌跡。儘管白虎的風比太陰的風慢一些，寅時也差不多該抵達道反聖域了。

因為走得太匆促，來不及通知道反女巫出發的事。雖然晚了一點，但是不是該在回家後通知呢？

道反聖域也有白天和黑夜。如果聖域現在的時間流逝跟人界重疊就沒問題，萬一有偏差就麻煩了。若是正在睡覺，女巫或許會笑著原諒他，但守護妖們可是會怒氣沖沖。

高龗神沉默片刻後，語氣生硬地說：

「我想拜託你一件事。」

晴明屏住了氣息，他萬萬想不到神會親口說出這樣的話。

看到晴明全身緊繃的樣子，女神苦笑起來。

「不要這麼緊張嘛！不是什麼大事。」

「我看沒那麼簡單吧……」

「安倍晴明，你的直覺還是那麼靈，不像不久前還在生死邊緣徘徊的人。」

在青年背後待命的太陰泛起嚴肅的眼神。不管對方是誰，只要拿這件事開玩笑，都讓人不高興。

晴明則是驚慌地張大眼睛說：「那時候……多虧您幫忙了，真對不起……」

他也跟昌浩一樣，欠高龗神不少人情，正在想哪天應該來正式道謝，沒想到就被召喚來了。

貴船祭神目不轉睛地盯著晴明。

祂見過類似的景象。

那孩子與神對峙，說出了意想不到的答案。

那句出其不意的話使得高龗神目瞪口呆，覺得他很好玩，所以決定把帳一筆勾銷。

神秀氣的美麗臉龐浮現笑容。

「你們兩個真是……」

這個年輕人跟那孩子果然是祖孫，靈魂的相似度超越任何流著同樣血液的人。

沒錯，就是靈魂。

「安倍晴明，如果你感激神至今以來的關照，那麼，我給你回報的機會。」

「只要能力所及，我都會盡力去做。」

晴明已經沒剩多少歲月與這位神明相處了，但孫子還要跟祂長期往來。現在惹祂不高興，會製造大麻煩。為了昌浩今後著想，就算再困難的事也要先一口允諾。

貴船祭神應該輕而易舉就能看透晴明這樣的心思吧！

坐在船形岩上的女神靜靜地站起來，眺望著西方天際。星象已經呈現夏季的尾聲，往秋季推移了。

深藍色的雙眸閃過銳利的光芒，直盯著灑滿閃亮銀粉般的青色夜空，看得出祂正面臨什麼重大事件。

「希望是我想太多……但是，相反的可能性比較高。」

祂的聲音凝重而低沉，晴明平靜地問：

「高淤神，我該怎麼做……」

女神瞥晴明一眼，神情嚴肅地說：

「我要你去道反聖域，確定那裡有沒有發生什麼事。」

晴明和太陰都愣住了。

昌浩和神將他們剛剛才去了道反聖域。

「呃，昌浩他們剛好去了聖域……正在路上。」太陰不由得插嘴說。

神說我知道，繼續望著西方。

「我也看見那道軌跡了，但是，光他去恐怕處理不來。」

高龗神嘆口氣，把玩著掛在胸前的龍玉。以龍身出現時，玉是抓在右手上，象徵著祂的神通力量。

遠在神治時代，伊奘諾尊⑦殺死軻遇突智時，生下了高龗神。

很多書上都有記載，在那之後，伊奘諾還陸陸續續生下很多神。人們把這些事都當成神話傳述，就跟童話故事一樣。然而，儘管很多地方被誇大了，無疑卻是真正發生過的事。

因為時間太過遙遠，祂要回想也很困難，但絕對不會忘記。

有時人類會忘記真的有神存在。然而，的確有神，在人們看不見的地方守護著生命萬物。

「神不是全能，但有人類所謂的預知能力。」

道反聖域的存在如同隔開人界與黃泉的要塞。當祂想著那個地方時，不安的影像閃過了腦海。直覺告訴祂，道反聖域發生了什麼事。

「我不能離開這裡，所以，晴明，我要你代我去道反聖域確認狀況。」

說著，高龗神忽然揚起嘴角笑著說：

「如果五十年前也有你這樣的人物，我也會派他前往。」

當時，是從道反聖域來的使者直接去請晴明協助，高龗神是在一切結束後才知道這件事。

晴明不禁嘆息。祂還是那麼高傲，飄散出來的氛圍卻滲透著急迫。

「我知道了。」

聽到晴明的回答，太陰瞪大了眼睛。

「等等，晴明，你可以答應這種事嗎？」

晴明偏過頭，聳聳肩說：

「沒辦法，這是高淤神親自開口的請求，拜託妳了，太陰。」

為了配合晴明的視線，太陰往上飄浮，豎起眉毛說：

「翁和青龍會露出這種表情大怒吧！而且如果我帶你去，他們還會連我一起罵。」

「沒關係，事後我會幫妳說話。」

「事後就太遲啦！」

太陰抱著頭說。晴明拍拍她的手臂，爽朗地笑著說：「這是不透過水鏡，直接去見道反女巫的好機會。而且搭妳的風去，不要一天就可以往返啦！」

「這就是最大的問題啊！」

晴明不管大吼大叫的太陰，又面向貴船祭神。

高龗神秀麗的臉龐泛起一絲怒氣，似乎不太能接受神將太陰的強悍態度。

晴明淡淡一笑，緩和氣氛。

「對了，可以請教一個問題嗎？」

女神以沉默催促他說下去，他滿臉認真地問：

「道反聖域好像跟您不太有關係，為什麼您這麼關心呢？」

「啊……」高龗神眨眨眼睛，隨手撥開掉落在眼前的頭髮。「沒什麼大不了的理由，只是……」

神瞥過西方天空，若無其事地說：

「道反大神是我弟弟，所以要是那裡出什麼亂子，我會過意不去——就只是因為這樣。」

著。

✕ ✕ ✕

從通往聖域的隧道衝出來的兩隻守護妖嗅到現場遺留下來的靈氣，全身憤怒地抖動著。

「可惡的入侵者……！」

大蜈蚣的怒罵聲因過度激動而顫抖，數百對腳窸窸窣窣地蠕動著。

蜥蜴小心地觀察周遭，找到了幾乎中斷的妖獸蹤跡。

「在那邊，快追！」

蜥蜴和蜈蚣的龐大軀體在茂密的山林中如疾風般奔馳。

它們是神的眷族，山風不但不會阻撓它們，還會在它們前面開路。

兩隻守護妖追逐著妖獸與人類的氣息，拚命往前跑，發現敵人在中途兵分兩路，頓時煞住了腳步。

「蜈蚣，我追那邊。」

「那麼，我追這邊。」

兩隻守護妖當機立斷，分頭追趕，窸窣穿越山林的聲音逐漸遠去。

蜈蚣沿著氣息往南追，發現有神氣從東方往這裡來，赫然抬起頭。

那是十二神將的神通力颳起的風。

「對了……」

只說到這裡，蜈蚣的身體就大大搖晃了一下。

「唔……！」

蜈蚣早已遭到攻擊，身受重傷，光要撐住自己的身體就很吃力了。

但是，它不能在這裡倒下來，它還有事要做。

「這點小傷，沒什麼好擔心的……！」

不然哪有臉去見五十多年來一起完成任務的同袍。

想起為了堵住黃泉瘴穴而爆裂的大蜘蛛，蜈蚣沉重地低吟著：

「等等我，我很快就來了……」

飛越天空而來的神氣愈來愈近了，蜈蚣全力調整急促的呼吸。

「神將們快到了。」

因為晴明的請託，需要休養的神將勾陣與幾個陪她一起來的神將們，預定在這裡居住一段時間。

跟同袍討論他們應該會很晚才到的事，感覺上已經很遙遠了，蜈蚣懊惱地搖了搖頭。

「不能丟下女巫一個人。」

但是，它必須追擊敵人。因為敵人從被封印的湖底搶走了咒具，還帶走了心愛的公主。

「公主……哦，公主……」

想起白布底下的身影，蜈蚣全身憤怒地顫抖著。

經過漫長的歲月，它與大蜘蛛一直在搜尋，邊拚命揮開公主可能已經香消玉殞的恐懼，邊繼續完成任務。

女巫以全力封鎖的第一道結界，也阻擋了它們進入聖域，所以五十多年來，它們都待在出雲的山中守護著那個隧道。

蜈蚣猶豫了一下，又轉身走回來時的路。

神將們來得正好，既然要住在這裡，就可以請他們協助以當作回禮。

有了風將，就可以從空中追擊。

但是——

蜈蚣的眼睛炯炯發亮。

敵人是灰黑色的狼與人類。

十二神將必須遵守天條，不能傷害人類。

「可惡，派不上用場……！」

蜈蚣忿忿地吐出這句話，邊奔馳邊想著不可能的事。

如果有安倍晴明或那個被稱為接班人的孩子同行該多好。

在隧道前降落的一行人，覺得氣氛格外詭異，懷疑可能發生了什麼事。

玄武環視周遭，疑惑地皺起眉頭說：

「怎麼回事？」

「感覺跟以前不太一樣……」

昌浩上次來這個隧道，是陰曆二月。

當時因為狀況緊迫，沒有時間仔細觀察周遭的樣子，但還是感覺得出來氣氛不太對勁。

「除了守護妖的妖氣外……還有其他靈氣？」

勾陣集中精神探索飄浮的氣息，坐在她肩上的小怪瞇起眼睛說：

「這不是跟那些妖獸一樣嗎？」

天一和白虎都回頭看著小怪。夕陽色的眼睛閃過兇光，望著昌浩。

「不是氣息像，根本就是那群黑色妖狼。」

昌浩也集中全副精神探索那股氣。

「的確是同性質的東西。」

到底是怎麼回事？

一直抓著昌浩的肩膀保持沉默的烏鴉，此時突然鳴叫著飛走了。

「啊！喂……」

本能往前伸的手稍微慢了一點，沒抓到漆黑的尾巴。

烏鴉就那樣消失在鑲滿星星的夜空裡。

「晚上也能飛呢！」

「不是那種問題！」小怪立刻回嗆昌浩有點失焦的話。「那不是重點吧？重點是那傢伙……」小怪瞪著烏鴉飛走的方向，語氣兇狠地說：「那傢伙是在我們提到妖獸時逃走的。」

「什麼意思？」

勾陣不解地問，小怪怒氣沖沖地回說：

「那兩隻烏鴉八成是在我們面前演出自相殘殺的戲碼，現在眼看真相就要被揭穿了，為了保命才趕快逃走。」

昌浩抬頭看著天空。

妖狼群是配合烏鴉的叫聲出現的。這些身軀比一般狼還大的妖獸，都是沒有生氣的空洞軀體，虛弱到神將一出手就被殲滅了，但是，又會無止境地出現，補充數量。

陷入沉思而默不作聲的天一，終於開口說：

「這些都只是我們的猜測，還是先去聖域吧！守護妖們說不定知道什麼。」

「天一說得沒錯，再飛一段路吧！」

白虎的風再次包圍大家。從隧道走到磐石有段距離，腳程要花些時間。

昌浩一行人消失後，隧道四周又恢復了寂靜。

妖獸無聲無息地出現在原本什麼都沒有的地方。

妖狼用紅色眼睛斜瞪隧道一眼，低鳴幾聲後就轉身離開了。

隔開人界與聖域的磐石，有女巫以靈力佈設的結界守護著。

但是，那股力量蒙上了陰影。

「果然出事了。」

面色發白的昌浩一碰觸到磐石，就迸出了銀白色光芒。

「唔哇……！」

被閃光刺到眼睛的一行人，立刻閉上了眼睛

瞬間，有聲音直接灌入昌浩腦裡。

《進來吧！》

「咦？」

昌浩遮著眼睛抬起頭。

閃光逐漸消失。

回過神來時，昌浩他們已經置身聖域了。

昌浩驚訝地環視四周，耳邊又響起剛才的聲音。

《往這邊走。》

「咦……啊，那邊？」

昌浩循著誘導前進，小怪叫住他：

「喂，怎麼了？昌浩。」

「咦？」

昌浩回過頭，發現不只小怪，連勾陣、天一、玄武和白虎都驚訝地看著他。

隱形的六合在昌浩身旁現身說：

「不用擔心，是有人叫他。」

「啊！沒錯，有人叫我……咦？六合，你怎麼知道？」

昌浩點點頭後才想到六合怎麼知道，訝異地抬頭看著修長的神將。比自己高好幾個頭的黃褐色眼睛，非常肯定地看著某處。

「到底是誰在叫你？」

勾陣疑惑地問，玄武突然像想到什麼似的張大眼睛說：

「總不會是……原來如此，那就沒問題了。」

「嗯。」

只有玄武與六合知道怎麼回事，其他人都在狀況外，愈來愈疑惑。

《你在做什麼?快來啊!》

正猶豫著該怎麼解釋的昌浩被這麼一催促，趕緊移動腳步。

「總之，先去再說。」

小怪與勾陣互相看了看，天一與白虎也是。

走在最前面帶領昌浩的六合看了同袍們一眼，那眼神好像在說「跟著我走就對了」。

「沒辦法，走吧……」

「嗯。」

勾陣、天一和白虎對無奈嘆息的小怪點點頭，跟在昌浩後面。

以神通力在聖域裡行動是沒有禮貌的事。走在地道裡的一行人，很快就發現出事了。

到處飄散著詭異的靈氣，侵犯了向來充滿潔淨、清澈神氣的聖域。

看到以前來過這裡的六合眼神愈來愈嚴厲，昌浩跟旁邊的玄武小聲地聊了起來。

「玄武。」

「什麼事？」

玄武也跟著小聲回應，昌浩望著六合說：

「以前你跟六合來這裡時，不是這樣子吧？」

玄武點點頭說：「嗯……雖然殘留著智鋪的殘餘妖力，但是，我跟六合協助守護妖們把那些殘渣都淨化了。我親眼看到聖域恢復了正常狀態。」

那之後，六合還獨自來過一次，當時也沒聽說有什麼異狀。

昌浩把手放在胸前，謹慎地觀察四周。

彷彿聽到了烏鴉的叫聲，但那只是心理作用，因為到處飄散著跟妖獸同樣的靈氣，所以覺得烏鴉也在。

想起飛走的烏鴉，昌浩不甘心地咬牙切齒。

原來那隻烏鴉也是同類，為什麼自己沒察覺呢？

勾陣走在昌浩後面，小怪坐在她肩上，從背後注視著悶不吭聲的昌浩。

它大概猜得出來昌浩在想什麼。

「你好像有話要說呢！騰蛇。」

耳邊響起帶著笑意的聲音。夕陽色眼睛骨碌一轉，就看到黑曜石般的雙眸滲著苦笑。

「當時我也在場，所以並不是只有他沒察覺。」

「沒錯，但是……」勾陣瞥過所有同袍，眼神泛起憂懼，說：「我們也都沒有察覺，所以你們不需要自責。」

「她說得沒錯。」

天一平靜地表示同意，她身旁的白虎也默默點著頭。

從京城到出雲這一路上，烏鴉都沒有吵鬧，乖乖停在昌浩肩上。剛開始大家都存有戒心，但是烏鴉叫都沒叫一聲，大家就安心了。

因為昌浩肩上有隻烏鴉，小怪只好坐在勾陣的肩上。要是坐在天一肩上，很可能當場被朱雀打下來，即使是在朱雀看不見的時候坐上去，恐怕朱雀對天一著迷的意念也感應得到。總之，它完全沒想過要坐在天一肩上給自己惹麻煩，然而出發前，朱雀的那個眼神卻可怕極了。

「聽好，騰蛇，只有我可以碰天一，你知道吧？」

也許當時不該敷衍地回他說知道啦、知道啦。六合和朱雀從以前到現在都沒什麼變，但是，最近感情上好像變得比較脆弱了，很難說這樣是好還是不好。

白虎要操縱風，所以小怪不想妨礙他。白虎一分心，風就會變得狂亂或停止。雖然他的風比太陰安定許多，不必太擔心，但還是小心點好。

「那邊。」

聽到六合的聲音，大家都往那裡望過去。

那是正殿，與聖域中央的聖殿緊緊相鄰。偶爾也會在這裡迎接客人，但是真要說起來，還是比較像道反女巫的私人宅第。

「我就是在這裡收下了昌浩身上的那顆丸玉。」

玄武看看身旁的昌浩。

昌浩透過衣服，輕輕抓著掛在胸前的丸玉。這顆丸玉幫了他很多、很多忙，對失去靈視力的他來說是不可或缺的東西。少了丸玉，沉睡在體內的天狐之血就會覺醒暴衝。

左右對開的中央大門關著，一行人猶豫著該不該進去。

《進來吧！》

昌浩屏住氣息，看著門嘎吱敞開來。但是，從頭到尾都沒看到可能打開門的人，門前根本沒有人。

昌浩脫下鞋子踩上高一階的外廊，轉身正要把鞋子排整齊時，天一已經伸出手幫他排好了。

「謝謝妳，天一。」

「不客氣。」

天一微笑著搖搖頭，提起長長的下襬，輕盈地走上外廊。十二神將都是打赤腳。

「這邊，昌浩。」

往六合與玄武帶領的路走去，沿途經過很多並排的櫥窗和門，他們都沒有停下腳步。正殿的深度很深，非常寬闊。

以皇宮結構來說，這裡就像皇宮，裡面是寢宮。昌浩只能這樣套用自己僅有的知識來思考。

忽然，走在前面的兩人停下來了。

「不知道可不可以再往前走。」

回頭看著昌浩的六合面無表情，但看得出來有點警戒。

他們面前有扇門，裡面就是相當於寢宮的地方。

該不該進去呢？昌浩正猶豫時，又有聲音灌入腦裡。

《就在裡面。》

昌浩眨了眨眼睛。

「啊！好像可以進去。」

「是嗎？」

六合點點頭，打開門。穿過左右對開的門，是一條沒什麼裝飾的通道，還有幾扇並排的門。

從其中一扇門後傳來呼喚聲。

「請進來。」

昌浩詢問似的看看神將們，有神將點了頭，他就慢慢把手伸向了門。

因為對方叫的是自己，所以自己應該要先進去。

小怪從六合與玄武的態度，已經猜出裡面是誰，此時皺起眉頭碎碎唸著：

「該不該恢復原形呢……」

「走到這裡都沒被說什麼了，應該沒關係吧！」

勾陣不以為意地說，小怪也覺得應該沒關係。自從高龗神那件事以來，每次碰到這樣的狀況，小怪就會沒來由地擔心起來。

十二神將居眾神之末，所以在上位者的神若有什麼旨意，他們就必須遵從。

大部分的神都與他們無關，所以問題不大，但是在這種時候，問題就會浮出　面。

昌浩正在做打開門的心理準備時，玄武看了一眼身旁的同袍。

乍看之下，六合還是面無表情，但跟平常不太一樣，好像顯得有點緊張。

「好……」

幾次深呼吸平緩心情後，昌浩像激勵自己般低喃著，然後推開了門。

光芒綻放的室內一角有張床鋪，一個修長的男人站在床邊，嚴肅地看著來訪者說：

「請保持安靜。」

男人又將視線轉回床鋪。

面無血色、緊閉著眼睛的道反女巫，正虛脫地躺在床上。

小怪的陰陽講座

⑦在日本神話中，伊奘諾尊是創造日本國土、與伊奘再尊生下日本神明、掌管山海草木的男神，也是天照大神與素戔鳴尊的父神，或寫成「伊邪那岐命」。

9

喳喳喳穿越樹叢奔馳的狼，察覺逼近的妖力，立刻遠遠跳到一旁。

一股淒厲的凍氣波襲向了狼行進的方向，接著，巨大的蜥蜴發出轟隆巨響出現了。

被擋住去路的狼踩穩腳步，縱身跳躍。一條粗大的尾巴橫掃過來，揮向坐在狼背上的黑色身影。

「真鐵！」

多由良的叫聲顫抖著。

但是，真鐵早已閃過了攻擊。多由良與真鐵各自往不同方向跳開，蜥蜴不知道該攻擊哪一邊，瞬間猶豫了一下。

「你們把公主的身體搬到哪去了？」

蜥蜴注視著真鐵，漆黑的眼睛閃閃發光。真鐵像嘲笑似的看著它憤怒燃燒的狂暴眼神。

「你說呢？」

短短的回話中帶著嘲笑，使蜥蜴愈來愈激動了。

「你……！」

蜥蜴張大嘴從喉嚨放射出凍氣波，再甩動尾巴擊打從背後撲上來的狼。

被彈飛出去的狼在半空中翻轉後，背朝下重重摔在砂石上，又因為衝力而撞上樹幹，接著便倒地不起，呻吟了好一會。

「唔……！」

在黑布下緊緊咬住嘴唇的真鐵，從腰間的劍鞘拔出劍。

他右手高舉著劍，嘴裡低聲咒罵著：「道反守護妖……先解決這隻！」

瞬間，從真鐵全身迸出靈氣漩渦。

轉眼就把蜥蜴的龐大身體綑住，固定在地面上，用力擠壓。

蜥蜴的四肢茲茲作響，慢慢陷入地面。一隻前腳因承受不了壓力而折斷，蜥蜴驚愕地慘叫起來。

「什……麼……?!」

靈氣的狂流把真鐵的黑布吹得猛烈飄揚。高高舉起的利劍前，有雙冰冷閃爍的眼睛，眼神貫穿了蜥蜴。

壓力愈來愈大，蜥蜴就快被壓扁了。

連叫都叫不出來、倒在地上的蜥蜴，拚命抬起頭來看著真鐵。

「不……不可能……！」

真鐵毫無感覺地看著漆黑的眼睛逐漸凍結，刻意裝出溫柔的聲音說：

「道反之僕啊！能在這時候死去是你的幸福。」

因為你看不見這之後即將發生的種種慘事了。

蜥蜴瞪大眼睛。

天空升起了下弦月，照耀的月光淡而微弱，在劍尖的反射下隱約照出了真鐵的臉。

「唔……！」

哀號聲消失在利劍貫穿肉體的聲音中。

烏鴉的叫聲在黑夜裡回響著。

脖子被劃開的蜥蜴，全身都被靈氣壓住，動彈不得。真鐵覺得好玩的是，從被利劍劃開的傷口流出來的血，竟然跟人類一樣是紅色。

血濺在真鐵的衣服上，形成紅色圖案。擦拭臉上飛沫的白皙手背，也沾上了紅色血跡。

「真鐵……」

狼搖搖晃晃地站了起來，拖著腳走向真鐵。

真鐵單腳跪下來，摸摸多由良受傷的後腳。

「你還好吧?多由良，可以走嗎？」

多由良看看自己的後腳。只是輕微扭傷而已，休息一下應該就不痛了。

「嗯，不用擔心。」

真鐵鬆口氣，一綹長髮從黑布的縫隙掉落出來。

「太好了，你要是有什麼事，真赭和茂由良又會把我罵一頓。」

那種語氣有點好笑，多由良低聲笑了起來。還有一個人可能會更生氣，他卻沒有提起，應該是無意識的吧？

真鐵挨著多由良，仰望天空。

下弦月已經升起，天就快亮了。

「應該還有一隻守護妖，我們要把它誘出來殺了。」

響起烏鴉的叫聲。

真鐵和多由良茫然地瞇起眼睛追逐那個聲音，但很快就失去興致，離開了現場。

解脫壓力的蜥蜴，四肢像抽搐般顫抖著。

「女……巫……」

呻吟的聲音因為帶著空氣而嘶啞。

脖子上的傷口若不趕快縫合，儘管是守護妖也會沒命。當蜥蜴拚命把妖力注入傷口時，一隻小烏鴉在它頭頂上用力拍振著翅膀。

響起了鳴叫聲。

蜥蜴看著在黑夜裡飛舞的鳥影，眼皮顫抖了起來。

看到陪在道反女巫身旁的男人，昌浩就想起了太古神話。

這是他第一次看到那人穿的衣服。

用未經加工的布料做成的上衣和褲子都很樸素，只有膝下的綁腿與腰帶有鮮豔的配色。原本應該佩帶在腰間的大刀直立在床鋪旁。項鍊上的玉應該是出雲的石頭，有紅色、綠色的管玉和丸玉，最前面串著三個紅色勾玉。

戴著天冠的頭梳成角髮⑧，右邊插著細齒梳子。

勾玉的顏色很熟悉，昌浩看了六合一眼，掛在他脖子上的勾玉也是同樣的顏色。

他說過是人家交給他保管的東西。那麼，是跟道反大神相關的人把這個勾玉交給了他嗎？

「再過來一點。」

昌浩趕緊把頭轉回來。男人以平靜的眼神掃視他們所有人，那雙眼睛的顏色跟千引磐石一樣。

所有人都進來後，最後面的白虎關上了門。

當大家有所顧忌地保持著沉默時，男人把手輕輕放在女巫的額頭上。看到他的身體瞬間變透明，昌浩猛然屏住了呼吸。

「不用驚訝，這是暫時的身形。」男人若無其事地說，瞇起了眼睛。「可以把我的妻子交給你嗎？我必須回去了。」

「那麼，您果然是道反大神……？」

雖然早猜到了，昌浩還是不由得發出感嘆聲。

原形是龍的高龗神也會以人形出現，所以原形是大磐石的道反大神以人形出現並不怎麼稀奇，只是沒想到他會這麼做。

以人類的年齡來說，變成人形的大神看起來約莫快三十歲。如果留鬍鬚，年紀看起來就會大些。淡黑色的皮膚很適合未經加工的布衣。

天一突然走向前，沉靜地跪下來說：

「您好，我是晴明麾下的十二神將之一，名叫天一。」

「我知道，不久前你們一起來過。」

那應該是五十多年的事了。對昌浩來說，是離自己出生還很遙遠的事，在神的感覺中，卻只是不久前的事。

「我們是取得女巫的同意，帶同袍來這裡靜養的……現在是不是不方便了？」

面對這個嚴肅的問題，道反大神端莊的臉龐蒙上了陰霾。

「有人攪亂了這片土地的安寧，傷害了我的妻子和女兒。」

聽到大神淡淡的陳述，向來面無表情的六合倒抽一口氣，轉身就要離去，玄武拚命拉住他說：

「不要急，先把話聽完……」

「可是……！」

「聽著，神將六合，我還沒說完。」

大神平靜的語氣裡帶著雷一般的剛烈，六合緊咬嘴唇回看著他。見到在六合胸前搖晃的勾玉，大神的眼睛微微抖動了一下。

六合出乎意料的反應，除了玄武和勾陣之外，把其他人都嚇壞了。勾陣代替啞然無言的天一接著問：「那麼，大神，那個人呢？」

整個聖域都感覺不到守護妖的氣息。

「入侵者從被封印的湖底搶走了某樣東西，還帶走了我女兒的身體。崟（ㄧㄣˊ）和岦（ㄕㄨˋ）正在追擊，但還沒有任何回報。」

聽到陌生的名字，小怪皺起了眉頭。

「崟和崒……？」

大神愣了一下，但很快就想到怎麼回事，又補充說：

「那是蜈蚣和蜥蜴的名字。」

只有大神會叫它們的名字，所以難怪小怪不知道。

大神的表情浮現出憂慮，看一眼還沒清醒的女巫說：

「除了我女兒的身體，他還搶走了不能帶到地面上的東西，不趕快搶回來，恐怕後果不堪設想呀！人之子。」

昌浩挺直了背，被彷彿能看穿一切的清澈視線看得喘不過氣來。

「我看過你在河岸阻擋了黃泉屍鬼，我想你應該可以奪回那樣東西。希望你可以跟守護妖合作，把那個咒具搶回來。」

道反大神從頭到尾都沒有說那是什麼東西。

彷彿連說出那個名字都是禁忌。

看到昌浩點點頭，爽快地答應之後，道反大神一下子就消失不見了。

在他暫時的身形消失之際，如岩石表面色彩的眼睛似乎看了六合一眼。

昌浩怎麼樣都無法釋懷，望著六合。

沉默寡言的神將，眼神像平常一樣不帶任何感情，緊閉著嘴巴。

想問的事太多，但是氣氛不對。

昌浩只好嘆口氣算了。

「總之，天一、勾陣，女巫拜託妳們了。」

大神也把妻子託付給了他們。可能是大神跟高龗神不一樣，必須坐在那裡阻擋黃泉大軍，所以不能以暫時的身形出現太久。

明明就在眼前，大神的神氣卻非常薄弱，莫非只是顯現身形而已？

「有天一在就行了吧？」

勾陣皺眉抗議，小怪從她肩上跳下來，齜牙咧嘴地說：

「勾，妳不會這麼快就忘了妳非來這裡不可的原因吧？」

被夕陽色的眼睛那麼一瞪，勾陣也不說話了。

「不久前還說我癡呆了呢！妳哪有資格說別人？」

「好吧！我承認……」

勾陣嘆息著投降了，小怪把她交給天一，跟其他人離開了正殿。

他們還記得守護妖的妖力，而且他們有白虎，靠白虎追蹤妖氣，就能找到守護妖。

「總之，先回人界吧！」

有了道反大神的許諾，他們可以隨意通過入口處的結界。過了人界這邊的磐石後，他們就衝出了隧道。

就在快進入人界時，小怪抖了抖長耳朵。

「守護妖……」

聽到微弱的呻吟聲，昌浩還來不及說什麼，紅色眼睛就在黑暗中亮了起來。

昌浩嚇一大跳，屏住了呼吸。大蜈蚣看到昌浩，發出激動的叫聲，就呻吟著倒下來了，幾百對腳窸窸窣窣摩擦著。看到大蜈蚣因為強烈疼痛而痛苦慘叫的樣子，昌浩慌忙跑向它。

雖然是守護妖，但畢竟是隻大蜈蚣，要碰觸它還是需要一點勇氣。

昌浩看著那雙炯炯發亮的眼睛，心驚膽戰地伸出了手。蜈蚣儘管痛苦不堪，還是好強地對他說：「不要碰我……我不需要人類的救助。」

昌浩不理它，逕自結起手印，唸誦神咒。

「華表柱念……」

又長又大的蜈蚣，全身有無數的裂傷。被清涼的靈氣包覆後，難以忍受的痛楚才逐漸緩解。

蜈蚣無意識地鬆了口氣，但很快就恢復自我，望向了遠方。

就在這時候，百對腳的蜈蚣看到茶褐色頭髮與黃褐色眼睛的神將，炯炯發亮的眼睛閃過兇光。六合的深色靈布下，隱約可見紅色的勾玉。

「……！」

面對明顯的敵意與殺氣，當事人六合面無表情地置之度外。

倒是局外人都緊張了起來。昌浩害怕地往後退，坐在他肩上的小怪也瞪大眼睛，交互看著同袍與蜈蚣。向來沉穩的白虎也倒抽了一口氣。已經遇過好幾次這種狀況的玄武，以同情的眼神望著六合。看樣子，上次來訪時恐怕也有過同樣的慘痛經驗。六合絲毫不為所動，應該是因為已經習慣了。

蜈蚣緩緩站起來，轉向人界。

「啊！請等一下，道反大神拜託我們奪回公主的身體……」

蜈蚣猛然轉頭看著昌浩，眼睛兇光閃閃，昌浩被那淒厲的視線瞪得說不出話來。過了好一會，蜈蚣才傲慢地抬起下巴說：「跟我來……」

蜈蚣窸窸窣窣地走著，昌浩跑在它身旁，壓低聲音說：

「我說了什麼惹蜈蚣生氣的話嗎？」

坐在他肩上的小怪也不解地偏起了頭。

「我想……應該沒有吧……」

昌浩疑惑地看看白虎和玄武，兩人也都點頭表示應該沒有。

六合一直處於緊繃狀態，沒有人敢問他這種無關緊要的事。

一行人進入人界後，就被蜈蚣帶入了山中。

拖著受傷的腳走路的多由良，動了動耳朵。

「怎麼了？」

「我聽見咆哮聲，是我們剛才打倒的那隻守護妖。」

「什麼？」

真鐵往後看看，不耐煩地咂了咂舌。

原來不只外表，連生命力都跟下等生物一樣？沒有給它致命的一擊，看著它斷氣，是自己的失誤。

「可惡……折回去吧！」

真鐵與多由良轉過身，面前出現了一隻妖狼。

那是真鐵放出去的魑魅。

「我不是把你放在隧道入口處嗎？……」

真鐵訝異地說，妖狼用鼻子在他膝蓋上磨蹭，紅色眼睛直直看著他。

妖狼是想傳達看見的事物。

真鐵遮住妖狼的眼睛，自己也閉上了眼睛。

情景在腦海裡浮現。無數的身影降落在隧道入口處。真鐵見過他們，就是映在水面上的孩子，還有跟隨著他的一群異形。

「笨烏鴉，竟然沒能絆住他們……！」真鐵低聲咒罵。

多由良在他耳邊磨蹭，安慰他說：

「不要這麼生氣，真鐵。」

真鐵把憤怒全表現在臉上，多由良以輕鬆的語氣說：

「不管是那孩子或那些異形，都敵不過現在的你，不是嗎？」

真鐵赫然看著自己的手掌，兩手都沒有半點傷痕，月光照出了白皙的手指。

他雙手緊握著，平靜地笑了起來。

「沒錯，你說得沒錯。」

嘴角浮現的笑容中帶著狡黠，黑曜石般的雙眸閃爍著陰森的光芒。

「道反公主呀！沒想到妳只剩軀殼也有這樣的力量。」

那麼，魂魄還在時，妳究竟擁有多強大的靈力呢？

光想就讓人血脈僨張，情緒高漲，心跳加速。

「真的很適合用來當荒魂的祭品。」

沒有比這更好的供品了。

真鐵低聲竊笑著，忽然又收起笑容環視周遭。藏在黑布底下的臉，不悅地扭曲著。

真鐵的表情因為被布遮住而看不見，但是，多由良可以感應到他的思緒，輕易猜到他現在是什麼表情。

「怎麼了?真鐵。」

「那隻該死的蜈蚣，已經到了同樣該死的蜥蜴那裡。」

在聖域交手時，兩隻守護妖都被打成了重傷，結果竟然沒死，真夠頑強。

看來，建立那片土地的道反大神是模擬下等生物來創造守護妖，讓它們堅強到不會輕易死去。

鳥啞啞叫著。

叫得又激昂又淒切，小怪皺起了眉頭。

天還沒亮，不知道正確時間，但是，從月亮的高度與天空的色彩來看，應該已經過了寅時。

昌浩對自己施行暗視術，再藉助白虎的風奔馳。

守護妖蜈蚣的速度快得驚人。神將們也靠著神腳快步如飛。只有昌浩是人類，不靠外力就會被遠遠拋在後面。

蜈蚣勇往直前，沒有絲毫猶豫，頭也不回地衝向目的地。

昌浩等人都不知道蜈蚣要去哪，只能跟在它後面拚命跑。

烏啞啞叫著，聽起來不像是夜間活動的梟，這聲音是……

昌浩猛然想起是什麼，環視周遭。

「烏鴉……！」

毫無疑問，從剛才到現在叫個不停的正是烏鴉。

小怪也察覺了。

「是剛才那隻嗎？」

「不知道……很可能是。」

那隻來歷不明的烏鴉不知道飛去哪了，沒有再回來過。

蜈蚣愈往前進，烏鴉似乎就叫得愈大聲，甚至讓人覺得他們是與那個聲音同時前進。

與蜈蚣並行，走在昌浩一行人前方不遠處的六合，忽然左右跳躍。

「唔……！」

相隔半拍後，昌浩他們也跟著那麼做。
才轉眼間，波濤洶湧的靈力狂流就直撲而來。
樹木被飛沙走石壓得嘎吱作響，躲在樹蔭下的小動物都四處逃竄，打破了夜晚的寂靜。
一片混亂中，烏鴉的叫聲突然停了。
昌浩翻個觔斗跳起來，看到一個身影從黑暗中衝過來，手上拿的東西微微閃爍著光芒。
「唔！」
動作比思緒快了一步。
昌浩在地上翻滾閃過攻擊，白色小怪滑到他面前，發出咆哮聲。
「——！」
高亢的叫聲響徹天際，噴射出紅色鬥氣。
拿著劍的敵人，以靈氣爆抵擋小怪射出的鬥氣。
颳起一陣強烈暴風，小怪和昌浩都受不了衝擊，被彈飛出去。
「騰蛇，抓住！」
玄武繞到後面，小怪抓住他的手，靠反作用力旋轉身體。

「不要欺人太甚！」

夕陽色眼睛憤怒地燃燒起來。

迎風踏地而起的小怪，白色身體被紅色鬥氣包圍，瞬間變成修長的身軀。

以身體擋住昌浩的白虎，踉蹌幾步後跪了下來。衝力讓他喘不過氣來，連咳了好幾聲。

大腦受到衝擊的昌浩覺得頭暈目眩、噁心想吐，意識瞬間變得模糊，是迸出來的鬥氣把他的神智拉了回來。

急著站起來的他感到一陣暈眩，差點倒下，幸好有白虎在後面支撐著。

看到撕裂黑夜的火蛇猛烈扭擺舞動，昌浩大驚失色。

「紅蓮，不行！」

然而，紅蓮的速度快了一步。在怒吼聲中被釋放出來的火焰，衍生出成千上萬的火蛇，從四面八方攻擊敵人，但是一陣靜默後，在強烈的靈氣漩渦內被徹底擊碎了。

「什麼?!」

愕然驚叫的紅蓮遭到了敵人反擊。

靈爆的龍捲風襲來，連紅蓮都只能勉強保住自己。以神氣的壁壘抵擋攻擊的他，聽到震天價響的咆哮聲。

擁有實體的疾風從樹林縫隙躍出來，後面跟著黑色妖狼群，無數的妖獸將他們團團圍住了。
強勁的吼叫聲撼天震地，昌浩也不認輸地結起手印，高聲唸誦咒文。
「嗡阿波伽霍賈馬尼漢多馬、叭吉雷畢洛基堤、桑曼達、溫！」
出雲的靈氣呼應乞求助力的神聖咒語，以昌浩為中心，從天空、地底、四面八方匯集而來。
「紅蓮、六合、白虎，妖獸交給你們了！」
十二神將不能傷害人類。為了不讓他們觸犯天條，昌浩言外之意，就是自己來對付披著黑布的敵人。
紅蓮聽出話中的意思，不甘心地咂了咂舌，把延燒的新火蛇拋向妖狼群。
被灼熱氣息包圍的黑色妖獸群無聲無息地消失了，但是，緊接著又從土裡爬出來。
白虎用真空氣旋驅散不斷冒出來的妖狼群，無奈地埋怨著：「沒完沒了……」
以銀槍橫掃妖狼大軍的六合，發現統率它們的是一隻灰黑色的大狼。
退居遠處的狼沒有參與戰鬥，只是觀看著大局，指揮大軍從守備比較弱的地方進攻。
因為閃避攻擊而翻倒的蜈蚣正要爬起來時，一陣強烈痛楚貫穿全身。
「唔……！」
蜈蚣雖然痛得滿地翻滾，還是拚命轉動銳利的眼睛，看到全身披著黑布、只露出上揚嘴唇的賊，他沒有一絲傷痕的手指向蜈蚣，從指尖發射的光芒像閃電般爆開來。
說時遲那時快，好幾把變形的光芒細刃同時插入了蜈蚣的身體。
劍沒有從背後穿出來，留在體內引爆，把蜈蚣的身體從內部炸開，骨頭、肉和鮮血散落一地。
不斷抽搐顫抖的蜈蚣，發出痛苦掙扎的呻吟聲，昌浩驚訝地轉過頭看。
「玄武，快救蜈蚣！」
在昌浩身旁築起防衛壁壘的玄武沒有回答，直接跳向了守護妖。
對準蜈蚣的光彈，在千鈞一髮之際被玄武的壁壘擋住了，然而，那座壁壘沒能完全阻擋攻擊，產生嚴重扭曲而裂開。
「什麼?!」
一般力量很難突破神將玄武的結界。
至今，只有一個人如此輕易擊破了他的壁壘。
黑曜石般的眼睛充滿驚訝。黑布賊瞥一眼大驚失色的玄武，輕巧地轉身揮下劍刃。
乘虛而入的劍尖擦過玄武的鼻頭，注入鋼劍的靈氣霎時粉碎了玄武靠本能佈設的結界。
「玄武！」

瀕死的蜈蚣瞬間爆發出僅剩的妖力。

昌浩衝到被彈開的黑布賊前面，唸誦真言。

「南無瑪庫桑曼答、叭吒啦啖、阿摩嘎顯達、瑪卡洛夏答、索瓦塔亞溫。」

掀動黑布重整架式的敵人，重新握好劍一躍而起。劍刃颼地破風而下，昌浩無意間看到一頭柔順的直髮從迎風飛起的黑布滑落出來。

「塔啦亞嗎溫、塔啦塔坎、曼！」

唸完的咒文產生極大的效用，受到靈力爆裂攻擊的賊，身體無力地癱倒。

「成功了！」

風呼嘯而過。

突然，眼前一片黑暗。

在昌浩察覺發生什麼事之前，有個聲音在他耳邊悄悄響起。

「你太弱啦……」

閃光刺穿昌浩的左肩，從背上啪唏爆裂，肉片與血沫四處飛濺，昌浩按住手臂大叫。

「昌浩！」

正在剿滅成群妖獸的紅蓮，看到滿身是血撲倒在地的昌浩，頓時大驚失色。狩衣被炸得殘破不堪的背上，漸漸染遍了紅黑色的血。

「昌浩！」

玄武顫抖的叫聲被狼的咆哮聲掩蓋了。

原本守在戰場外的灰黑色大狼像被射出的箭一般，衝進了戰亂中。

響起一陣烏鴉的尖銳鳴叫聲。

白虎與六合反射性地抬頭看。

完全不受黑夜影響而飛落下來的，正是那隻烏鴉。

尾音拉得又長又尖銳的鳴叫聲回音繚繞，直撲而來的烏鴉似乎是對準了黑布賊。體型龐大卻身手矯捷的妖狼一個翻轉，以身體撞開了小小的烏鴉。

慘叫落地的烏鴉，被追上來的妖狼用前腳猛踩。烏鴉的一邊翅膀根部被踩得扭曲變形，大聲鳴叫著。

「多由良！」

黑布賊發出尖銳的叫聲。妖狼立刻拋下烏鴉，全力撞擊揮舞著銀槍衝過來的六合。

被撞飛出去的六合，旋轉一圈落地後彈跳而起，但是，多少需要一些時間才能繼續發動攻擊。

「……」

注視著黑布賊的黃褐色眼睛蒙上驚愕的神色。

「六合！」

直到操縱火蛇的紅蓮大叫，六合才回過神來。但是紅蓮發現，揮舞銀槍的同袍，動作似乎比平常遲鈍了一些。

為什麼？

正疑惑的紅蓮，耳邊傳來痛苦不堪的呻吟聲。

他的金色眼睛看著趴在地上動彈不得的昌浩，但是，想要衝卻衝不過去。

強烈的靈力如洪流滔滔而來，紅蓮和白虎連要站穩都很困難。

「昌浩……可惡……！」

雙手交叉抵擋洪流的紅蓮，突然發現一件事。

「什……麼?!」

這股靈力是……

攻擊的餘波擴及四周。

踩穩腳步以防被吹走的玄武，咬牙切齒地說：

「好驚人的靈力！這簡直就像……唔！」

說到這裡，玄武也被自己的話嚇到了。

「簡直就像……」

茫然重複這句話後沉默下來的玄武，舉起手半遮著眼睛，緩緩抬起頭。

月光照射著地面。

奄奄一息的昌浩終於撐起了上半身，難以置信地注視著手握長劍的黑衣敵人。

他知道這股力量，小怪——紅蓮也知道。

雖然直接交手的次數不多，但是不可能忘記。

「怎麼可能?!」

昌浩用顫抖的聲音大叫，眼角餘光捕抓到灰黑色疾風。

「唔……！」

劇痛使昌浩的行動變得遲鈍，轉眼間，巨大的妖狼就撞上了他的肚子。

「嘔……！」

吐血的昌浩被拋上半空中，當遭到衝擊而停止的呼吸恢復時，妖狼已經咬住了他的右大腿。

昌浩連叫都叫不出來，身體被咬著甩來甩去，完全無力反抗，最後被重重摔在沙土和木屑中。

「昌浩——！」

有人叫著自己的名字，或者那只是幻聽？

感官全都麻痺，全身失去了知覺。難道是本能為了保護自己，隔絕了所有感覺？

靈爆的轟隆巨響掩蓋了什麼東西被扯碎的聲音。

妖狼抬起頭，張開血盆大口，把咬碎的肉塊吐出來。

灰黑色大狼悠然舔著沾滿鮮血的嘴，連看都懶得看快死的孩子一眼。

「差不多該收拾他們了。」

妖狼走向拿著劍的賊，冷漠地瞥過不能動的神將們。

「是時候了嗎？」

黑布賊這麼回應，對神將們使出了比剛才更強烈的靈壓。

「什麼……?!」

神將們承受不了重重壓在身上的力量，雙膝跪地。個子嬌小的玄武跪下來雙手扶地，終於挺不住而癱倒。

他們都記得這股靈力。

「這……這是……」

好不容易才擠出這句話的紅蓮，看到趴倒在地的玄武和他前方的蜈蚣正以犀利的眼神瞪著敵人，於是，他難以置信地轉向敵人。

昌浩只能遲緩地移動視線，這之外的動作都會帶來劇痛，連一根手指都不能動。被扯碎的大腿已經毫無知覺了。

「啊……」

——追趕敵人時，與敵人直接交過手的蜈蚣描述了敵人的容貌。

是個男人，年紀約二十歲左右，比神將矮一個頭，眼光銳利。他披著黑布，帶著灰黑色的妖狼，佩帶鋼劍。

操縱被稱為「魑魅」的使者，以強大靈力打倒蜈蚣的這個男人，懂人話的狼稱呼他為：「真鐵。」

真鐵瞥一眼多由良，身上的黑布隨風飄揚，露出帶笑的上揚嘴巴。

他揮舞鋼劍，嘲笑著：

「這就是我們的阻礙？開什麼玩笑啊！」

昌浩、紅蓮和玄武都不禁懷疑自己的耳朵。

刻意壓抑的聲音太過低沉，所以剛才沒聽出來。

釋放的力量中摻雜著其他氣息，所以沒注意到那股龐大的靈力波動。

而且，最重要的是……

大家都認為那個人應該不存在了，所以沒想那麼多。

「你……」

強烈的鬥氣迸射出來。

昌浩感覺到刺人的暴烈神氣，看到六合表現出前所未有的激動情緒。

深色靈布與茶褐色的長髮被毫不壓抑的神氣搧得高高揚起。朝霞般的黃褐色眼睛轉為紅色，閃爍著強烈光芒。

「你……你做了什麼……?!」

六合的質問聲因過度憤怒而顫抖，以黑布遮住臉的真鐵沉默地譏笑著。

那模樣點燃了六合心中的怒火。

強度遽增的鬥氣，把同袍們也捲了進去。

玄武拚命以手腕的力量爬去倒地不起的昌浩身旁。

「昌浩、昌浩……」

靠近後才知道昌浩的傷勢有多嚴重。玄武把手伸向他血流不止的大腿一帶，注入神通力先暫時把血止住。

「玄武……六合為什麼那麼……」昌浩斷斷續續地問。

玄武指著同袍胸前的勾玉說：

「那是……風音的遺物……」

「咦?」

在沉重的靈壓與狂亂的鬥氣中，紅蓮清楚聽見了玄武說的話。

金色眼眸瞬間凍結。

接著，他以渾身鬥氣推開靈壓，轉身對著真鐵放射出鮮紅的火焰。

「騰蛇！」白虎大驚失色。「你竟然對人類……！」

「即使是人類……」紅蓮打斷同袍的話，放聲怒吼，「如果我猜得沒錯，這樣的攻擊也對他起不了什麼作用！」

蜈蚣一方面因為身負重傷，一方面因為神將們壓倒性的力量，完全沒辦法接近，悲痛地叫著：「公主！」

紅蓮的火焰團團圍住真鐵和妖狼，張著大嘴就要把他們燒光了。但是，從真鐵全身爆發出強大的靈力，把火焰鎮住了。

以凍結的靈氣推開灼熱的鬥氣後，真鐵微皺著眉說：

「啊……燒掉了。」

只有披在身上的黑布成了火焰的犧牲品。

所有人都看得驚心動魄。

什麼都不知道的皎潔月光，依舊恬靜地照耀著被靈力與神通力衝撞後殘破零落的地面。

「真鐵，有沒有受傷？」

擔心地靠過來的狼，的確是叫他「真鐵」。

「這種程度的攻擊怎麼傷得了我呢？多由良。」

幾乎被靈力壓垮的昌浩茫然地看著……

看著那個帶著狼，悠然佇立在月光中的女人。

小怪的陰陽講座

⑧角髮是日本古代男人將頭髮中分，分別在兩邊的耳朵旁綁成圓形的髮型。

10

那座湖位於道反聖域的一角。

湖水幾乎一滴不剩。

周遭瀰漫的水氣，就是原來盈溢的湖水。

湖底滾落著石櫃的殘骸，裡面的東西已經被入侵者搶走了。

「沒那麼大呢……」

勾陣從石櫃大小猜測咒具的大小，接著嘆口氣走開。

她把還沒清醒的道反女巫交給天一，自己離開正殿去視察聖域的狀況。天一強烈反對她一個人去，她保證不會離開聖域，而且很快就回來，天一才勉強答應。

其實勾陣很想離開聖域，去找昌浩和騰蛇，但是又怕自己還沒完全康復，反而會成為他們的絆腳石。

她擁有僅次於十二神將最強兇將的力量，也是鬥將中的一點紅，但那是在一般時候。對不久前才從生死邊緣走過的她來說，現在鬥將只是個稱號。紅蓮很清楚她的狀況，所以比平常囉唆許多。

「真是的，跟平常完全相反。」

她從沒想過，有一天會被騰蛇堵得沒話說，向來都是她對騰蛇吐槽。被吐槽有點生氣，原本騰蛇還欠她幾個人情，現在都一筆勾銷了。

「差不多該回正殿了。」

太晚回去會被天一罵。勾陣知道她是打從心底關心自己才會那麼囉唆，所以也不能表現得太強勢。

她小心觀察四周，思考目前的狀況。

雖然她都待在安倍家沒出門，但也知道京城幾乎在同時間出了事。

總覺得兩件事有關聯，會不會是自己想太多了？

「那是……」

她發現看似建築物殘骸的東西，往那裡走去。

離正殿好像有點遠。慘遭破壞的建築物，滿地都是瓦礫。她踢到鮮豔的藍色瓦片，單腳蹲下來。

「瓦片……應該是最近才蓋的吧……嗯？」

瓦礫下有黑色的飛沫痕跡。她撥開沙土，發現到處都是這樣的痕跡。已經乾了，所以看起來像黑色，應該是血跡吧？

「是誰的呢？」

是攻擊這裡的入侵者的血跡嗎？

被破壞的瓦礫上，沾黏著破壞者的殘餘力量。

勾陣伸手觸摸，靠心去感覺，懷疑地皺起眉頭。

很像人類的靈氣，但是又摻雜著與道反大神同樣的波動，而且還有跟那些完全不相同的，其他來歷不明的可怕妖氣。

勾陣全身戰慄，不由得向後退，直盯著那堆瓦礫，都忘了要安撫自己加速的心跳。

「這到底是……」

從來沒有遇過這樣的妖氣。根本不知道是什麼，卻有種莫名的恐懼漸漸滲入肌膚，彷彿就要佔據了她的身體。

她刻意甩開那樣的錯覺，深呼吸。

這堆瓦礫原本應該是安置風音遺體的殯宮，在入侵者搶走她的遺體時被破壞了。

會粉碎到這種程度，可見破壞者具有相當驚人的力量。

風音是神的女兒，靈力與人類相差懸殊，可與十二神將匹敵，甚至有過之無不及。

活著時，她強大的力量被謊言扭曲，做盡壞事。終於平靜沉睡的遺體，雖然遠不及生前，應該還是殘存著強烈的力量。

少了魂魄是薄弱許多，但得手的話還是具有相當威力吧？

「帶走遺體，是要用來做什麼呢……」

具有強大力量的東西，是最好的祭品。

她甩甩頭，揮去令人害怕的想法。

沒有找到其他可以成為線索的東西，只能等他們回來說明狀況了。

也說不定女巫會醒來。

就在她離開瓦礫堆，走到正殿附近時，有神氣吹進了聖域。

她眨眨眼，有點吃驚。

這不是白虎的風。

她在正殿外等著，竟然看到了嬌小的同袍與主人。

向她跑過來的晴明是年輕的模樣，不是本體。

「勾陣，妳特地出來接我？」

晴明大氣不喘一下，語氣俏皮地說。勾陣確定除了太陰之外沒有其他神將陪同，立刻拉下臉來。

「你來做什麼？晴明。」

「妳好冷酷啊！」

青年苦笑著。飄浮在他肩後的太陰，趕緊替主人辯護。

「這是有原因的……我也被捲進來了。」

「哦？」

「唔……」

被勾陣輕輕一瞪，外型像孩子的同袍立刻縮起脖子，躲到晴明後面。

「快說是什麼原因，以魂魄狀態長期待在這裡，很難說不會影響本體。」

請不要這樣浪費好不容易才延續下來的生命！勾陣又接著說。

晴明露出帶點苦澀的笑容說：

「不用擔心……我得到了前所未有的強大力量。」

他沒有說是從誰那裡取得的，因為不說也知道。

勾陣和太陰都啞口無言。

看到勾陣被說得無言以對，晴明稍微反省了一下，他無意這樣為難她。

晴明拍拍她的肩安慰她，轉向太陰說：

「不好意思，妳先跟勾陣進去。」

「咦？為什麼？這麼突然！」

太陰訝異地張大了眼睛，晴明望著遠處說：

「我要去問候道反大神，上次來時太失禮了。」

那次只想著昌浩的安危，沒有心情顧及這件事。

「啊！原來如此，嗯，說得也是。」

「對吧？」

勾陣沉默不語，心想晴明對某些事還真講規矩呢！這一點跟孫子昌浩很像。

昌浩這次會來道反聖域，追根究柢，也是為了丸玉來向道反女巫正式致謝。

「啊！晴明，我想你應該知道這裡出了事，昌浩他們為這件事外出了。」

「什麼？」

勾陣望著人界那邊的磐石，露出擔憂的表情。

「有人突破結界入侵，搶走了不可以帶到地上的東西和風音的遺體，昌浩去追入侵者了。」

《是我拜託他去的。》

突然有莊嚴的聲音在腦中響起，晴明倒抽了一口氣，他聽過這個聲音。

他緊張地四處張望，看到不知何時站在門前的道反大神，苦笑著嘆了口氣。

「神啊，不要嚇我嘛！」

「好久不見，安倍晴明。」

晴明本想去道反大神的大磐石本體前問候，沒想到祂自己來了。

神這麼用心的時候，通常有什麼要求，所以晴明實在沒辦法感到高興。他很清楚這種事，因為有過太多次經驗了，這就是所謂「薑還是老的辣」。

大神大概是看穿了他的心思，雙手在胸前合抱，高傲地說：

「我不會給你出什麼難題。」

「希望如此。」

不能以一般手法來跟神交涉。

道反大神偏頭望向背後的門。

「她現在心情很亂，希望你能幫助她。」

一個深呼吸後，大神將視線轉向兩名神將。

「你所率領的十二神將……這次說不定需要他們。」

說完，道反大神就消失不見了。

晴明訝異地唸著：「什麼意思？」

他以詢問的眼神看著勾陣，勾陣也只是不解地搖搖頭。問跟他一起來的太陰，應該也只是白問。

十二神將就像他的左右手，總是盡全力協助他。這一點他非常清楚，不需要在這種時候特別提起。

「祂的意思會不會是需要我們的力量……？」

太陰百思不解地說，晴明和勾陣也喃喃應和著。

晴明仰望著聖域天空，無奈地說：

「可能的話，我希望平靜度過餘生……」

忽然，一道沉重、冰冷的預感襲上心頭。

逐漸膨脹，緊緊揪住了心臟。

帶著些許驚恐的眼神知道，這絕不是自己的過度揣測。

——我做了夢。

夢見燃燒的紅色河川。

高龗神說祂也做了同樣的夢。

竟然會跟神做同樣的夢。這應該就是所謂的神諭吧！已經超越了「陰陽師做的夢」之類的範圍。

他自認是人類，然而，那個界限似乎變得模糊了。

是因為上通神明的天狐之血嗎？

晴明默默沉思著，過了好一會後才深深嘆息說：

「再想也沒有用……」

帶著兩個式神的青年，決定向女巫問清楚事情經過，打開了正殿的門。

身負重傷快要死亡的蜥蜴，拚命撐起了身體。

「公主……」

被妖狼稱為「真鐵」的黑布敵人，佔據了風音被奪走的軀體。

從那個身體發射出來的，是攻擊聖域、放出魑魅之狼的敵人的力量。

不費吹灰之力就把身為道反守護妖的它擊倒，以手中的劍刺殺。

握著劍的手，是女人纖細的手，卻輕而易舉地刺穿了它如岩石般的軀體。

那是男人的頑強力量。

「公……主……！」

它拖著身體，前往不斷爆發強大靈力與神氣的戰場。

只靠全身快被拆散般的痛楚與氣力，強拉著隨時可能消失的意識。

但是，前腳還是快撐不住了。

蜥蜴氣喘吁吁地拖著身體，腦中閃過懷念的身影。

那是還很小、很可愛的公主。不管怎麼哭泣，只要那隻小烏鴉表演魔術給她看，她就會馬上開心起來，露出可愛的笑容。

「公……主……呀……」

被關在那冰冷的冰裡，她不知道有多害怕呢！

後來才聽說，她努力活在充斥著謊言的孤獨裡，以憎恨為食。

經過漫長歲月，好不容易找回來的心愛孩子，竟是慘不忍睹的血淋淋身軀。那張臉龐還看得出小時候的模樣，簡直就是母親女巫的翻版，笑起來不知道會有多美呢！

蜥蜴的眼睛淌著血之淚。

「竟敢……把我們的公主……」

這個打攪她沉睡、玷污她純潔的人，不管是誰都不能原諒。

為了心愛的公主。

為了她，守護妖才把那顆玉託給了那個男人。

面對抗拒不了靈壓而無力倒地的敵人，真鐵高聲笑了起來。

「道反的守護妖根本沒什麼好怕的嘛！真赭，妳再三交代要小心、要小心，所以我非常謹慎，結果太高估它們了。」

估據道反公主身體的男人侮蔑地看著蜈蚣，不耐煩地撥開了被風吹亂的頭髮。

披散的烏黑長髮，被風吹得像有生命一般飄揚擺動著。纖細肢體外的衣服，處處沾著紅黑色的污漬。上衣袖子的兩邊肩頭處都被撕裂了，從單薄的肩膀裸露出雙臂。原本長到腳踝的衣襬也被剪短到膝蓋上，露出白皙修長的腳。

真鐵把手放在自己胸口，微瞇著眼睛說：

「不愧是道反公主的遺體，繼承了道反大神與女巫的力量。」

儘管死了，殘留在體內的力量還是很強大，甚至遠遠凌駕真鐵本身的力量。沒有靈魂的身體是空虛的，只要能自由操縱具有力量的身體，就能把那股力量佔為己有。

真鐵讓靈魂脫離自己的實體，對成為空殼的實體施行隔絕時間的法術，跟那個咒具一起交給茂由良帶回去了。

真鐵與多由良迎戰守護妖，是為了把它們的注意力轉移到自己這裡，以防它們去追那邊。

蜈蚣以淒厲的眼神瞪著真鐵，完全不像快死的樣子。

體內是真鐵靈魂的風音，表情陰慘慘的，簡直就像另一個人。

「你竟敢……」

真鐵揮舞鋼劍，冷冷地看著不停咒罵的蜈蚣。

「吵死人啦！蠢蟲，給我閉嘴！」

秀麗的嘴醜陋地揚起。

「你們這種卑賤的下等人，也敢跟我們玩，光想就覺得噁心！」

蜈蚣被更大的力量往下壓，發出了呻吟聲。

「守護……妖……！」

強忍著劇痛，緩緩移動視線的昌浩，感到很驚訝。

白虎和紅蓮都用手硬撐著身體，以免完全倒地。跪在地上的膝蓋大半已陷入土裡，可見壓力有多強烈。

昌浩還挺得住，是因為玄武替他築起了結界，還以神通力幫他止住了血。但是，玄武本身因為把保護自己的力量都給了昌浩，已經無法動彈，表情痛苦地扭曲著。

「唔……！」

聽到背脊被壓得　　作響，玄武倒抽一口氣。連肋骨、肩膀、手臂和腳也是。再這樣下去，不久就會被重力壓碎。身為神將的自己都這樣了，昌浩是人類，絕對承受不了這樣的壓力，必須想辦法讓他脫離困境。但是，光憑自己的力量，已經無計可施。

玄武緊咬嘴唇，心想必須保護昌浩，否則沒臉見晴明。

他撐開沉重的眼皮，只轉動眼珠子觀察周遭狀況。

昌浩還可以。白虎身體壯碩，也還撐得住。那麼，騰蛇和六合呢？

紅蓮單腳跪地，但還沒失去鬥志，從他全身冒出來的紅色鬥氣正逐漸改變顏色。

對方是風音的肉體。不管附身的靈魂是什麼，只要出手傷害她就是觸犯天條，所以必須阻止他。

但是，壓力遍及全身，只能發出喘息般的呻吟聲了。

玄武用可以稍微移動的指尖抓著土。

晴明、晴明，我該怎麼辦呢？這樣下去會全軍覆沒。

痛楚引發耳鳴，頭疼讓意識逐漸模糊。

面如死灰的額頭冒著冷汗。

不行，我再也撐不下去了——

「玄武、玄武！」

昌浩使勁地叫喚靜止不動的玄武，但是，痛楚和出血讓他喊不出聲來，只能勉強發出嘶啞的低吟聲。

「昌……浩……！」

微弱的呼喚聲在耳邊響起。

昌浩緩緩轉頭。

看到紅蓮的背部，還有籠罩他全身的灼熱漩渦。

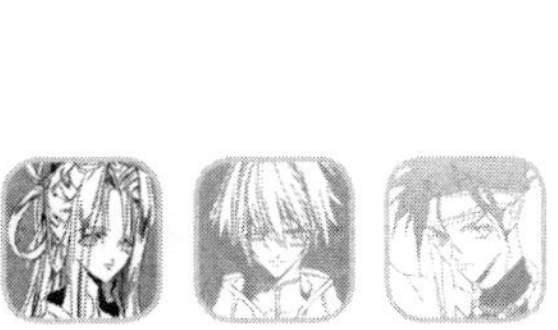

那背影似乎在對他說：再等一下，我很快就來救你了。

十二神將中最強的神通力正蓄勢待發，目標毫無疑問就是真鐵。

「紅蓮……不行！」

那是人類，不管體內是什麼，那就是人類。

有東西在昌浩的靈魂深處搏動，哆嗦顫抖的血開始緩緩地動起來，彷彿冒出了冰冷的火焰。

就在那東西快爆開時，冰冷的波動從胸口蔓延開來，鎮住了火焰。幸好有道反女巫的丸玉防範未然，昌浩才能在恐懼與篤定交錯的心情下，熬過血的暴衝。

灼熱的鬥氣扎刺著臉。

「紅蓮……！」

紅蓮已經聽不到昌浩聲嘶力竭的喘息。

金色的眼眸紅光閃爍，跳出了白色的火龍。

地獄業火似乎也把真鐵嚇得面無血色，但是——

「不要瞧不起人，異形！」

真鐵揮舞鋼劍，一刀把龍砍成了兩半。

視覺上看起來像是那樣，其實他是用注入劍身的靈氣抵擋了紅蓮的神氣。

「勝利屬於強者是常理……被武力搶走的東西，就要用武力奪回來。」

聽出那語氣帶著些許怨氣的昌浩，注視著真鐵。

真鐵的雙眼充滿了憤怒與怨恨，顯現盤據在人類心底深處最昏暗、沉重而可怕的負面心思。

昌浩全身戰慄，他沒有見過如此漫無止境的黑暗，既沒碰觸過，也沒體驗過。

渾身的神通力被彈開後，紅蓮也感受到非比尋常的重壓。

「唔……啊……！」

背脊傾側，撐著地面的手臂骨頭彎曲，肩膀和脖子也快被壓垮了。

真鐵用憎恨的眼神看著他，竊笑著說：

「怎麼樣，鬥志快沒了吧？你求饒的話，我也許會放過你。」

因殘酷的喜悅而扭曲變形的聲音，像唱咒歌般說著話。施加在紅蓮全身的靈壓，一點一點慢慢增強。

誰會求饒！紅蓮很想這麼頂回去，卻只能發出呻吟聲。

這時候，響起沒有抑揚頓挫的聲音。

「你到底是什麼人……」

默默地忍受著重壓的六合，以燃燒的紅色雙眸狠狠瞪著真鐵。

儘管承受那麼強大的靈壓，他還是毅然抬起頭，只有單腳跪地，迸射出鬥氣抵擋排山倒海而來的靈氣。

真鐵微微瞪大了眼睛。

「喲！真有意思……還能撐住沒倒下呢！」

他猛然舉起左手。

神將們所在的地方隨之凹陷下去，由此可知他可以在瞬間施加多大的重壓。

接著，真鐵在他們面前舉起雙手，啪唏啪唏放射出爆裂的光芒。

「我要砍斷你們的脖子，被壓扁還不如被砍頭來得光榮吧？」

六合以犀利的眼神瞪著那張笑容陰沉的臉。

「我在問你，你到底是什麼人?!」

真鐵收起了笑容。

「為什麼問這個？」

「還用說嗎？……」六合瞥一眼地上的銀槍，怒氣沖沖地說：「當然是要找出你的本體，親手收拾你！」

帶著傲氣的宣言動搖了真鐵的從容。

「你……！」

這時候，從頭到尾旁觀的狼不以為然地哼了幾聲。

真鐵回過頭，從多由良平靜的眼神挽回了平常心。

「真鐵，大王正等著我們，就玩到這裡，該回去了。」

狼以沉穩的口吻這麼說，真鐵淡淡一笑，點點頭。

「嗯，你說得沒錯。」

他再次面向六合，消除從指尖爆發出來的光芒，兩手緊握鋼劍。

「我要挖出你的心臟，祭品愈多，荒魂就愈高興吧！」

祭品、荒魂。

昌浩把這些話刻印在大腦裡。

忽然，他好像看見在黑暗中交錯飛舞的紅色螢火蟲。

心跳加速。在胸口深處蔓延開來的不是預感，而是確信。

螢火蟲，紅色螢火蟲。還有成親說的夢。

出現在京城的黑色妖獸；襲擊道反聖域，來歷不明的男人與妖狼。

這些全部都有關聯。

握著劍的真鐵，突然眨眨眼睛，心血來潮地說：

「在你死前，就回答你一個問題吧！」

灰黑色大狼從後面疑惑地看著真鐵。

纖細的女人肢體釋放出這麼強烈的靈力，卻沒有半點疲倦的樣子。

真是深不可測的力量。

「我們是跟隨這片大地真正王者的人。」

六合的眼眸滾沸著激情。

從遠處傳來鳥叫聲，早晨的氣息逐漸接近了。

下弦月就快升到天頂了，太陽緊追在後。

昌浩看到真鐵前方的天空正慢慢轉為紫色。

接著，鋼劍的劍尖反射最後的月光。

「唔……！」

聲音出不來。

在這關鍵時刻，他多麼、多麼想呼喊紅蓮的名字、玄武的名字、白虎的名字，還有六合的名字。

然而，他只能以全力、全副精神在心中呼喊著。

想伸出手卻動彈不得，連大喊「住手」都做不到。腳也動不了。為什麼這種時候總是什麼也不能做呢？每每在重要關頭都是這樣，為什麼？

落在胸口、背上、肩上和全身的重壓，阻撓了昌浩，阻撓了神將們。

「我會把你們一個個送上黃泉，第一個就是自以為是的你。」

真鐵背後那片天空，逐漸轉變成神將六合原來的眼睛顏色。

「我會讓你死得很慘！」

玄武緩緩張開眼睛，看到正要砍死同袍的真鐵。

同時，視野一角閃過微微扭動的黑影。

漆黑的烏鴉拖著受重傷、沾滿沙土的單邊翅膀，使出渾身力量抬起頭，像吐血般叫著：「公主啊……！」

剎那間。

《——不。》

11

在安倍家，晴明房裡的床鋪上躺著一個老人。

魂魄出竅的身體毫無生氣，生命活動完全靜止了。

坐在一旁的神將天后從剛才就倚靠牆壁，眉頭深鎖地盯著同袍。

「青龍，你真的不知道晴明到哪去了？」

青龍的表情更難看了，他短短回說：「嗯。」

兩人之間已經重複了好幾次這樣的對話。

青龍只知道晴明被貴船祭神召喚，要跟太陰一起去靈峰貴船，因為當時他也在場。

而且，他也打算陪主人上靈峰。

但是，晴明輕鬆地下令說，有太陰在不用擔心，要他負責京城的安危。

再怎麼說，安倍晴明都是十二神將的主人，既然是他的命令，就要遵守。

佈滿全京城的黑色妖狼群，那之後卻一隻也沒出現。

提高警覺觀察一陣子後，看到連小妖們都判斷沒有危險，像平常一樣出來溜達，他們就撤回來了。小妖們很脆弱，會憑本能察覺危機。連它們都已解除戒備，所以應該沒問題了。

結果三個人回來後，面對的居然是主人靈魂出竅還沒回來的實體。

盤坐在天后斜後方的朱雀，雙臂交叉，神情凝重。

「如果只是在高龗神那裡聊得太久就還好，但我擔心的是，這附近感覺不到太陰的風。」

如果是在京城附近，同袍應該感覺得到風將的風所蘊涵的神氣。既然感覺不到，表示太陰在更遠的地方。

瞬間浮現腦海的地名，很快就被朱雀自己否決了。但是，真的不可能嗎？他也不敢完全否定。

板著臉思考的天后，下定決心似的抬起頭說：

「我要跟道反那兒聯繫。」

青龍和朱雀都看著她。她低下頭看著主人佈滿皺紋的臉，緊緊握起放在膝上的手。

「晴明跟勾陣一樣，不能說完全康復了。猜錯沒關係，怕的就是萬一被我們猜對了……」

天后的眼皮微微顫抖著。

擔心得就快掉眼淚了。

朱雀嘆口氣站起來。

「朱雀？」

「沒有任何線索，什麼也不能做。既沒留下字條，也沒請人傳話，實在太奇怪了。我去問高龗神，說不定祂知道什麼。」

「那麼，我也……」

青龍正要站起來，朱雀揮揮手阻止了他。

「不需要兩個人都去，我順便去京城看看。」

朱雀才剛走出去，又站在外廊回頭看。天后和青龍默默地望著他。交互看著同袍與老人的朱雀，無奈地瞇起眼睛說：

「才剛好起來就這樣，我們真是一刻都不得閒呢！」

不久前還說他天命將盡啦、生命之火將熄啦，害大家擔心得要命。不管神將們多擔心，晴明還是會照自己的信念行事，再過分的話都說得出來。

朱雀苦笑著聳聳肩說：

「儘管如此，我們還是拿晴明沒辦法，這應該是最大的敗筆。」

是最大也是唯一的敗筆。

天后也跟著微笑起來。露出煩惱的表情，是因為無論如何都會擔心。

朱雀走下庭院後，神氣一下子就遠去了。

靠在牆上的青龍，低聲咂舌說：

「那個混蛋，回來就給我小心點。」

聽到青龍低聲咒罵的話，天后極力維持原來的表情，要不然她怕自己會忍不住笑出來。

每次、每次都把話說得這麼絕，到緊要關頭時，最替晴明著想、又最無法頂撞晴明的卻也總是青龍。

想到前往遙遠西方的好友，天后不禁垂下了眼睛。

身體能動後就安靜不下來的個性，跟晴明有共通之處。所以天空他們的判斷是正確的。

只是不能同行，讓她有點落寞。

「妳不是要跟道反那裡聯繫？」

陷入沉思的天后，被鬱悶的聲音拉回了現實。

青龍雙手在胸前合抱，斜斜站著，正臭著臉等她採取行動。

「嗯。」

從開始使用離魂術到現在，已經過了很長的時間了。

以太陰的風速，快的話，大有可能已經到達道反聖域了。

他們毫不懷疑地認為，自己的猜測應該沒有錯。

＊　＊　＊

聖域的天空跟人界不太一樣，太陰始終搞不清楚究竟是哪裡不一樣。

「嗯——？」

她百思不解地嘆口氣，突然靜止下來。因為慣性的關係，長髮和衣服都翩翩飄揚起來。

「待在聖域裡，完全不知道外面的事，還真麻煩呢！」她把手背在後面，滿臉憂慮地皺起眉頭說：「昌浩他們和守護妖都沒回來，晴明又好像要長期待在這裡，我是不是該去外面找他們呢？」

深深嘆氣後，又讓身體乘著風前進。

「不過，有白虎同行，應該不會有事吧……哎呀，真難得呢！」

忽然垂下視線的她，發現通常深鎖的聖殿大門半開著，眨了眨眼睛。

但是，在正門前降落時，她不禁驚訝得說不出話來。

「這……這是……」

不管牆壁或門，到處都是妖獸抓過的痕跡。大到連守護妖也可以進入的聖殿大門已經半毀，可見發生了極不尋常的大事。

她從左右對開的門縫偷窺，確定四下無人，就悄悄踩了進去。

「哎呀……好慘……」

窗子被破壞，木頭碎片散落一地，牆上也有無數的裂痕。

飄浮的空氣混濁不清。道反聖域的清新神氣似乎被虛空的靈氣侵犯了。

太陰緊緊皺著眉。

「這是……那些妖狼的……」

跟京城出現的妖狼所釋放出來的靈氣一模一樣。

那些是妖魔，然而散發出來的氣卻不同於妖氣。朱雀和青龍都同意這一點，晴明也是。

據說，聖殿最裡面是道反大神傳達神諭的大廳。

太陰想起這件事，露出難以形容的表情，猛搔著頭。

「剛才是見過面了……可是，進去那個大廳，祂會不會生氣呢？」

只大略行過注目禮，並沒有正式報名、鄭重行禮。

本來是打算去千引磐石問候祂，但是祂自己來了，所以沒必要去了。

老實說，道反大神以那個模樣出現，太陰是第一次看到。大神必須以道反女巫的力量為媒介才能現身。直到三個月前，女巫都不在這個聖域內，所以少了女巫就無法現身也無法傳達聲音的大神，在那段時間不得不保持沉默。由此可見，還能以臨時身影現身，表示現在引發的騷動沒有當時那麼嚴重。

她改變主意，決定請示過道反女巫後再進去，轉身準備離開。

「咦……？」

聖殿裡出現她非常熟悉的神氣波動。

清爽的波動洋溢著水面無波無浪的平靜。

太陰飄到半空中滑翔著。最裡面的大廳的門果然遭到破壞，出現了縫隙，從那條縫隙溢出了搖曳擺動的藍光。

躲在門後悄悄探出頭的太陰，看到裡面的白色牆上浮現出水鏡。

鏡面上映著同袍的身影，而且是她現在最不想見到的兩個人。

一看到太陰從門縫探出頭來，青龍的藍色眼睛就不管三七二十一暴怒了起來，相貌溫柔的天后也生氣地豎起眉頭。

「太陰！妳怎麼會在這裡？」

一張開眼睛，她就看到亮麗的金髮。

「女巫，您覺得怎麼樣……」

淺色的眼眸擔心地搖曳著。秀麗的臉龐與悅耳的聲音，烙印在她的記憶裡。

「妳是晴明大人的……」

女巫試著以手肘撐起上半身，天一趕緊扶她坐起來，把衣服披在她肩上。

「謝謝……不好意思，你們難得來，卻……」

天一對沮喪的女巫搖搖頭，微笑著說：

「其實晴明也來了，他交代過我們女巫醒來就叫他，如果您覺得精神還好……」

道反女巫猛然抬起頭。

安倍晴明來了。在這麼緊急的狀況下，歡迎他的來訪都來不及了，怎麼可能不想見他呢！

「我沒事，快請晴明大人……」

說話的聲音顫抖著。

附近完全感覺不到守護妖的妖氣。神將們什麼時候到達的、那之後究竟過了多久，道反女巫也都無從判斷。

天一往門外叫喚，安倍晴明就跟神將勾陣一起進來了。

真正的他已經八十多歲，但出現在女巫面前的他，還是五十多年前的模樣。

「請那邊坐……」

女巫指著床鋪旁的椅子。晴明正想開口婉拒時，勾陣幫他搬過來，他就感謝地坐下來了。

「這件事我大約聽他們說了，剛才也見過了道反大神。」

「是嗎？」

臉色蒼白的女巫堅強地點點頭。

「那個賊怎麼會知道有東西藏在封印的湖底呢……」

女巫一手掩住臉，悲痛地說著，讓天一心疼不已。

在女巫醒來之前還有一段時間，所以晴明和勾陣去巡視了聖域。他們很快就折回了正殿，只有太陰說沒什麼特別的事，想再去走走。不過，她頂多就是乘著風到處飛飛、看看而已。

有些東西要從上空俯瞰才看得見。不過，若被保護聖域的守護妖看到，恐怕會被瞪吧！

女巫是以僅有的力氣支撐著自己。晴明沉著地對她說：

「女巫，我是因為做了不祥的夢，所以再次來到這裡。」

道反女巫倒抽了一口氣。

「不只是我，高龗神也做了同樣的夢，所以拜託我來道反聖域看看情況。京城裡到處都是被稱為魑魅的虛空妖獸，聽說幾乎就在同時，聖域也遭到了襲擊，還被搶走了兩樣東西，這到底是……」

女巫虛弱地搖著頭說：

「我也不知道這到底是怎麼回事，只知道那可怕的咒具和那孩子都被帶走了。」

「殯宮被破壞得片瓦無存……那股破壞的力量應該跟道反大神有關。」

看過現場的勾陣插嘴說，女巫忍不住掩面大叫：

「怎麼可能……！」

女巫不斷深呼吸拚命緩和情緒，天一輕輕搓著她的背。

就這樣慢慢冷靜下來的女巫，強壓住聲音裡的顫抖說：

「賊的目標……應該是那個封印的石櫃，會奪走那個孩子是因為認定她有利用價值。」

即使是沒有魂魄的身體，潛藏的力量也不會因此減弱。只要有能力和法術，就能自由操縱這股力量。

「如果連靈魂都被搶走，就無法挽回了，必須盡快奪回那孩子的身體。」

看著雙手緊握著的女巫，勾陣充滿疑惑地偏起頭問：

「女巫呀，聽妳這麼說，好像風音的靈魂還存在這世上？」

道反女巫浮現淡淡的笑容。

「勾陣，那孩子可是道反大神的女兒呢！祂一直捨不得把長久以來行蹤成迷的愛女引渡到那個世界……」

聽到令人震撼的真相，所有人一時之間都不知道該如何反應。

好不容易恢復鎮定的晴明，問了所有人都想問的事。

「那麼，公主的魂魄在哪裡？」

「那孩子……」道反女巫遙望著遠方，嚴肅地說：「在這世上最值得信賴的地方——」

✖ ✖ ✖

聲音震耳欲聾。

大家都懷疑自己的耳朵。

「……！」

對準六合的要害刺過來的鋼劍，被紅色勾玉阻擋了。

不只阻擋而已，還從勾玉緩緩擴散出波動，慢慢把劍往回推。

想抽回鋼劍的真鐵，發現自己的身體變得僵硬而不聽使喚了。

「什……麼……?!」

勾玉在變得狼狽不堪的真鐵前，迸射出深紅色的光芒，晶瑩剔透的清靈神氣無聲無息地向四周擴散。

壓在神將身上的靈壓，令人難以置信地消失了。

紅蓮靠力氣支撐著嘎吱作響的身體，驚訝得說不出話來，腦中一片空白。

從紅色勾玉傾瀉而出的光流困住了真鐵的行動，灰黑色大狼也全身僵硬，群聚在四周的黑色野獸一隻隻潰散、消失了。

恢復自由的玄武強忍著身體的疼痛，爬到昌浩旁邊。

「昌浩……昌浩，你振作點……」

因為痛楚和失血，昌浩已經半昏迷了。

拚命搜尋的視野蒙上了一層薄霧。因為失血而全身發冷的昌浩，邊嘎答嘎答顫抖，邊看著那個情景。

紅色光芒裡，隱約有個紅色長髮的人形。

他記得那個背影，但是，這種事有可能嗎？

那是……

「不會……吧……」

昌浩嘶啞地喃喃自語著。

玄武扶起已經動彈不得的昌浩，檢查他背上從體內爆開的傷口，不禁大驚失色。

昌浩不時咳嗽著，一呼氣就會吐出紅霧，顯然是一邊肺部嚴重受損，不趕快治療會沒命。

擔心他的玄武，自己也身受重傷。要是白虎和紅蓮沒獲救的話，現在也不知道怎麼樣了。

聽到一陣地鳴般的聲音，白虎轉過頭，看到另一隻守護妖從樹林鑽了出來。

「蜥蜴……！」

蜥蜴拖著巨大的身體，走到同袍身旁就倒下來了，但還是努力挺起脖子，流下紅色的眼淚。

「公主……」

蜈蚣和附近拚命拍動一隻翅膀的小烏鴉，都看著在紅光中出現的人影。

它們多麼希望可以守護她平靜的沉睡，可以撫慰她傷勢嚴重的身體與心靈。

如今卻……

「公主……公主啊……！」

烏鴉帶點嘶啞的聲音，最後變成抽噎聲。

「我們……力量不夠……！」

就在這麼近的地方，卻什麼也不能做。現在又要讓心愛的公主背負起所有的事了。

真鐵把眼睛張到最大，無法相信眼前的畫面，驚聲大叫：

「妳不是死了嗎？」

怎麼會在這裡？

「道反……公主……！」

出現在鋼劍前的是一絲不掛的透明女人。

輪廓還不時模糊搖曳，彷彿就要融入光裡了。

然而，那長及腰間的頭髮、單薄的肩膀、張開雙手保護六合的模樣，正是那個被真鐵搶走的女人。

緊閉的眼睛緩緩張開了。

《——不。》

與光芒同樣是紅色的眼睛，透著毫不猶豫的堅強。雙眸綻放的光芒，瞬間擊碎了真鐵勉強保住的最後自信。

「可……可惡……！」

真鐵使出渾身力量掙脫了束縛。黑色野獸全都消失了，只剩下灰黑色大狼搖搖晃晃地走向他。

聲音響起。

《我不許你傷害這個人。》

與醜陋扭曲的臉一模一樣的容貌，帶著不容侵犯的美，迎向憎恨的眼光。

《我絕不允許——》

重壓消失後還是單腳跪在地上的六合，整個人彷彿凍結一般呆住了。

他記得這個聲音。

他記得這個背影。

他記得這頭長髮、這股力量。

他用顫抖的聲音，喊出了在那之後再也不曾叫過的唯一名字。

「……風……音……！」

＊＊＊

在靈峰貴船的禁域，以人形現身的高龗神站在岩石神座上。

深藍色雙眸望著的不是染上朝霞的天際，而是對黑夜還戀戀不捨的天空。

「既然是想要被道反封印的東西，那麼……」

放出那些魑魅的人，無疑就是……

高龗神憂慮地眯起眼睛，喃喃說著：

「祭祀王的後裔？」

後記

誠如預告，少年陰陽師第十五集走出京城，邁入了新的篇章。

好久不見了，各位近來好嗎？我是結城光流。

上一集是番外篇，所以這次的例行票選結果有些變動。

第一名安倍昌浩。主角還會繼續往上竄呢！新篇章開始就衝勁十足。

第二名神將紅蓮（包括小怪）。這次也有人「投小怪一票」，太好了（呼）。

第三名神將太裳。應該是在上一集最後，把票全都搜刮走了。

老實說，如果只算紅蓮的票，紅蓮就會飲恨輸給太裳。因為有小怪的票，紅蓮才能脫穎而出。一直到最後，第二名的競爭都非常激烈。

在上一集才終於現身的太裳，開始計算後曾短時間遙遙領先。而且，印象最深刻的是，向來「專情於玄武」的人，很多投給了太裳。還有，不知道為什麼很多人以為他是「她」。其實太裳是男生。

第四名及之後的排名，依序是六合、朱雀、勾陣、青龍、彰子、敏次、小妖、太陰、成親和若菜。啊！也有人說：「我投給創造這一切的母親結城老師。」謝謝大家啦！好難為情。

要參加後記例行人氣投票活動的人，請在信上某處註明「我投（故事人物名）一票」。一個人只能投一個人物一票。「幫朋友投一票」也算一票，所以不用擔心。

您的一票將決定名次，期待收到您的來信與感想。

新篇章了。

常有讀者來信說：「最近昌浩都沒受傷，看起來不過癮，昌浩還是要受重傷才行。」（實話。）這麼說的人不少，但是，其中也有極少數的人很低調地說：「請不要再讓昌浩受傷了。」

因為這些話，我寫這篇時有點煩惱，最後決定就讓他受這樣的傷吧！

當初，我是有打算在「天狐篇」的下一個篇章讓故事走出京城，不過目的地是考慮其他地方。但是，在構思第十三集《虛無之命》時，突然有個疑問閃過腦海。

像昌浩那樣的人，對那麼關心他的道反女巫沒有任何表示，太奇怪了吧？（請不要為「是否該先替『天狐篇』做個了斷？」這種過去的事來吐我槽。）

因為他是在「紅蓮爸爸」的鐵拳教育下成長，具備「謝謝」、「對不起」等精神的人，對高淤神的問候也從來沒少過，不應該會對道反女巫做出那麼失禮的事。

所以，我臨時把目的地改成了道反聖域。不過，只有舞台改變，故事還是照預定發展。

從第七集完稿後，我就已經想到這次的高潮，幾乎是以「度日如年」的心情等著寫出來的一天。這件事也是到現在才能說出來。啊！真的好漫長，終於可以寫出來了。

有劇情CD「風音篇」第四集的各位，第二張CD快結束前，蜈蚣對六合說的台詞，請再重聽一次吧！那隻大蜈蚣厭惡的語氣，好像在說：「其實是很不想交給你保管！」錄到第七集，揭穿「勾玉裡面是……」的真相時，工作人員都驚訝得大叫：「咦咦咦咦?!」

道反聖域的守護妖也都有各自的名字，這次終於可以寫出來了。在視覺上讓人不太想接近的守護妖，其實心地都很善良，雖然頑固了一點……它們的名字都是山字部首呢！

新角色有真鐵和多由良、茂由良。我特別用心的是多由良和茂由良。哦！不，我統統都很用心。不過，順便提一下，多由良是精明能幹的哥哥，茂由良是備受寵愛的弟弟。名字是我自己取的，我卻老是把「茂由良」寫成「真由良」，寫解說時也老是發生「真由良～啊！不對，茂由良」的狀況。名字是最短的咒語呢！這樣不行、不行。

只有名字出場的真赭，以及只有名稱出現的祭祀王，下一集都會出現。一定會，只要多由良跟茂由良不要鬧得太過分。還有，道反大神也會出來……應該會吧？

這次的封面很適合新的篇章，看起來英氣逼人，帥呆了。不愧是ASAGI老師，不用我說什麼，就準確掌握了故事人物的本質。

http://seimeinomago.net（PC & MOBILE）

請趕快去這個好像會從哪冒出「不要叫我孫子！」的怒吼聲的網站，這樣你就可以得到比任何地方都快的少年陰陽師最新資訊！

可是，我自己也想寫，所以就先寫囉（笑）！劇情CD番外篇第一集「夢的鎮魂歌」預定於二〇〇六年五月二十五日發行，「真紅之空」預定於二〇〇六年九月二十二日發行。第二集之後也預定陸續在聖誕節發行！

還有，替「窮奇篇」與「風音篇」炒熱配音與音效的作曲家中川孝所做的幾首名曲，終於要製作成CD了！心地善良的Frontier & Marine的工作人員，都聽到少陰迷「請製作原聲帶」的心聲了。哎呀！向爺爺祈禱真的有用呢！謝謝啦！爺爺。謝謝啦！Frontier & Marine，也謝謝所有說「想聽」的少陰迷。咦？我嗎？我早就有啦……騙人

的啦！其實我也非常想要。
少年陰陽師原作劇情ＣＤ原聲帶，預定於二〇〇六年三月二十四日發行。這張原聲帶好像有什麼特別企劃哦……至於是什麼，請在拿到ＣＤ後再確認吧！絕對物超所值。我會像往常一樣，繼續努力～！
想知道更詳細內容的人，請看seimeinomago.net（晴明之孫.net）！（不要叫我孫子！）
啊！還有，新周邊商品會陸續上市。我一直很想要，老問要不要幫我做的mail block（螢幕偷窺保護貼），Animate都要做啦！太棒了！
這麼一來，我的手機從頭到尾都是少年陰陽師規格啦！以後應該還會有來電音樂、待機畫面、來電聲吧……應該會有，不，一定會有！
關於周邊商品，也請隨時查閱「晴明之孫.net」！（不要叫我孫子！）
還有個大驚喜，那就是決定於二〇〇六年四月開始在電台播出！
咦？少年陰陽師要在電台播出?!就是半夜讀書時可以聽、白天工作時可以聽、在分不清白天或黑夜的趕稿中可以聽的那個？（應該很少人會分不清白天或黑夜。）
要在哪一台播放？怎麼樣的內容？還有，最重要的是廣播員是誰？告訴我呀，高層大人！（這種時候，原著作者沒有半點力量。）

相關消息，請看消息比任何地方都快的「孫.net」！（不要叫我孫子！）

各位，請緊緊跟上。這些在各個領域如狂瀾般展開的種種活動，全都只是前哨戰而已。

第一個讓我著迷的卡通作品是「名偵探福爾摩斯」，又稱「狗福爾摩斯」。

總之，就是很喜歡、很喜歡，是我直到現在還是很喜歡的卡通。

希望少年陰陽師有一天也能讓某些人這麼喜歡。

自從我的作品出版後，這是我一直以來的夢想。

我真的很愛這部作品，畫插畫的ASAGI老師也很愛。現在做成劇情CD，又得到了更多人的愛。

但是，我很貪心，希望有更多、更多的人疼愛我的孩子。

我一直這麼期望。

於是，我好像聽到拗不過我的爺爺苦笑著說：

「真拿妳沒辦法，好啦！我知道了。」

當然，我知道這個夢能逐步實現，是靠很多人的支持、努力，傾注所有熱情。然而，我不禁還是要想，是因為已經盡了人事，所以上天也為我動了起來。

聽說動畫製作也正在進行中。爺爺，今後也請多多關照您的孫子哦！

好像說得有點嚴肅了，不過，這世上最期待的人絕對是我。啊！ASAGI老師也一樣期待，所以，我們兩個都是第一期待的人，讀者們再怎麼期待也只能當第三名了。這個寶座我們無論如何都不會讓出來。

所有最新情報請隨時查閱「孫.net」！（我說不要叫我孫子啊……！）

雜誌《The beans》、《Beans A》也都已經發行，刊登了短篇、漫畫、對談等作品。聽說還有全面大放送企劃呢！一定要上網查查看哦！

各位，準備好了嗎？網路、劇情ＣＤ、原聲帶、周邊商品、電台廣播、動漫，二〇〇六年將颳起少年陰陽師旋風。

接下來的書！——不是少年陰陽師。（咦？）

敬請期待《篁破幻草子》第四集《鬼哭六道之辻（暫定）》，風起雲湧之破幻草子！

那之後，回來的她與昌浩等人，將迎戰全新的敵人。一定會。

啊！對了，可以從手機看到結城個人網站和日記了，從左邊的URL就可以連結，有興趣可以看看。

為了種種期待，我會繼續努力，請大家給我支持與鼓勵。
那麼，下本《篁破幻草子》見了。

結城光流

國家圖書館出版品預行編目資料

少年陰陽師.拾伍.蒼古之魂／結城光流著；涂愫芸譯. -- 初版. -- 臺北市：皇冠, 2009[民98].9
面;公分. --(皇冠叢書；第3891種　少年陰陽師；15)
譯自：少年陰陽師　いにしえの魂を呼び覚ませ
ISBN 978-957-33-2568-0(平裝)

861.57　　98013533

皇冠叢書第3891種
少年陰陽師 15

少年陰陽師——
蒼古之魂

少年陰陽師
いにしえの魂を呼び覚ませ

作　　者—結城光流
譯　　者—涂愫芸
發 行 人—平雲
出版發行—皇冠文化出版有限公司
台北市敦化北路120巷50號
電話◎02-27168888
郵撥帳號◎15261516號
皇冠出版社(香港)有限公司
香港灣仔駱克道93-107號利臨大廈1樓
電話◎2529-1778　傳真◎2527-0904
出版統籌—盧春旭
責任編輯—丁慧瑋
版權負責—莊靜君
日文編輯—許秀英
美術設計—許惠芳
行銷企劃—李嘉琪
印　　務—陳碧瑩
校　　對—余素維・陳秀雲・丁慧瑋
著作完成日期—2006年
初版一刷日期—2009年9月

法律顧問—王惠光律師

讀者服務傳真專線◎02-27150507
電腦編號◎501015
ISBN◎978-957-33-2568-0
Printed in Taiwan
本書特價◎新台幣199元/港幣67元